NELE NEUHAUS

Charlottes Traumpferd

PLANET!

Nele Neuhaus, geboren 1967 in Münster/Westfalen, lebt heute im Taunus. Sie reitet seit ihrer Kindheit und schreibt bereits ebenso lange. Nach ihrem Jurastudium arbeitete sie zunächst in einer Werbeagentur, bevor sie begann, Erwachsenenkrimis zu schreiben. Mit diesen schaffte sie es auf die Bestsellerlisten und verbindet nun ihre zwei größten Leidenschaften: Schreiben und Pferde. Ihre eigenen Pferde Fritzi und Won Da Pie standen dabei Pate für die gleichnamigen vierbeinigen Romanfiguren. Von Nele Neuhaus ist auch die Reihe »Elena – Ein Leben für Pferde« bei Planet! erhältlich. **www.neleneuhaus.de**

Charlottes Traumpferd bei Planet!:

Charlottes Traumpferd
Bd. 1

Charlottes Traumpferd
Bd. 2: Gefahr auf dem Reiterhof

Charlottes Traumpferd
Bd. 3: Ein unerwarteter Besucher

Charlottes Traumpferd
Bd. 4: Erste Liebe, erstes Turnier

Charlottes Traumpferd
Bd. 5: Wir sind doch Freunde

Charlottes Traumpferd
Bd. 6: Durch dick und dünn

Mehr über unsere Bücher, Autoren und Illustratoren auf:
www.planet-verlag.de

Sommerferien

Heute war der letzte Schultag vor den großen Ferien. Früher einmal hatte ich diesen Tag herbeigesehnt, bedeutete es doch, dass wir für vier herrliche, lange Wochen nach Frankreich an die Atlantikküste auf die Insel Noirmoutier fahren würden. Aber in diesem Jahr war alles anders. Ich freute mich kein bisschen auf die Ferien, und mir graute geradezu davor, vier Wochen lang nicht in den Reitstall gehen zu können.

Als wir vor drei Jahren von Paderborn nach Bad Soden gezogen waren, war ich von uns Kindern als Einzige glücklich darüber gewesen, denn unser neues Haus lag keine fünfzig Meter vom Reitstall entfernt. Mein Traum war in Erfüllung gegangen, als ich mit dem Reiten anfangen durfte, und seitdem verbrachte ich jede freie Minute im Stall. Die Reitanlage lag am Rand des Eichwalds und war ziemlich klein und altmodisch. Es gab gerade mal vierzig Boxen und nur eine Reithalle, die sich die Privatreiter mit dem Schulbetrieb teilen mussten, was im Winter manchmal etwas eng wurde. Die wöchentliche Reitstunde bildete zweifellos den Höhepunkt, aber auch so war es jeden Tag aufregend und lustig, denn es war immer etwas los. Es störte weder mich noch meine Freunde, dass wir als Schulreiter von den Besitzern der Privatpferde kaum wahrgenommen wurden. Wir alle liebten es, im Stall zu sein, und ich hatte seit ein paar Monaten einen neuen, ausgesprochen wichtigen Grund, noch mehr Zeit im Reitstall zu verbringen. Dieser Grund hieß Gento. Gento war ein neunjähriger brauner Wallach, der Herrn Lauterbach, einem Springreiter aus unserem Reitverein, gehörte. Er stand in einer der Außenboxen und war für mich das tollste Pferd der Welt. Herr Lauterbach kümmerte sich leider ziemlich wenig um sein Pferd, denn angeblich ließ ihm die Arbeit in seiner Firma nur wenig Zeit. Die anderen Privatpferde wurden von ihren Besitzern gehätschelt und auf Hochglanz gestriegelt, nicht so Gento, der von Herrn Lauterbach nur zum Reiten aus der Box geholt wurde. Ich bedauerte das Pferd insgeheim, wenn es mal wieder mit schweißverklebtem Fell und schmutzigen Hufen dastand, und fand, es wirkte immer ein bisschen traurig. Vielleicht sehnte es sich ja auch nach jemandem, der es regelmäßig putzte und verwöhnte. Dieser Jemand wäre ich gerne gewesen.

Die neun Schulpferde des Vereins wurden morgens von den Pflegern geputzt, außerdem hatte jedes von ihnen einen wahren Fanclub. Ich mochte Liesbeth, eine kupferfarbene Fuchsstute mit einer breiten Blesse, einem hellen Schweif und heller Mähne und durfte sie immerhin jeden Donnerstag putzen. Die älteren Jugendlichen wachten mit Argusaugen über »ihre« Pferde, und nicht selten kam es vor, dass sie mich vergaßen und ich gar keine Gelegenheit bekam, Liesbeth zu putzen.

Wochenlang hatte ich gegrübelt, wie ich es anstellen

konnte, Gento als Pflegepferd zu bekommen. Es war schon eine atemberaubende Ungeheuerlichkeit für eine dreizehnjährige Schulreiterin, die ungeschriebene Stallhierarchie zu umgehen und den Besitzer eines Privatpferdes anzusprechen, und ich war mir beinahe sicher gewesen, dass ich eine Abfuhr bekommen würde. Doch irgendwann hatte ich meinen ganzen Mut zusammengenommen und Herrn Lauterbach gefragt, ob ich Gento pflegen dürfte. Der Mann hatte mich amüsiert gemustert.

»Ich bin jeden Nachmittag hier im Stall«, hatte ich als Argument vorgebracht. »Ich wohne gleich um die Ecke. Und da dachte ich, ich könnte Gento jeden Tag putzen und vielleicht auch mal grasen lassen, weil Sie doch so wenig Zeit für ihn haben.«

Ich hatte ihm nicht gesagt, dass ich Gento schon seit Monaten mit Möhren und Äpfeln verwöhnte und er sogar schon wieherte, wenn er mich kommen sah.

»Tja, warum eigentlich nicht?«, hatte Herr Lauterbach schließlich geantwortet. »Ich hab ja wirklich zu wenig Zeit. Aber dass du mir keine Dummheiten mit ihm machst, er ist ziemlich wertvoll!«

Mir war vor Glück ganz schwindelig geworden.

»Nein, natürlich nicht«, hatte ich noch gehaucht. Insgeheim hatte ich befürchtet, Herr Lauterbach würde mich auslachen, denn ich wusste, dass sogar Simon und Dani, die Wortführer unter den Jugendlichen, ihn schon wegen Gento gefragt hatten. Damals hatte er abgelehnt. Und es war noch besser gekommen, denn Herr Lauterbach hatte mir einen Zweitschlüssel für seinen Spind gegeben, in dem das Putzzeug für Gento stand. Ein eigener Spind in der zweiten Sattelkammer war ein Privileg, das eigentlich nur den Pferdebesitzern vorbehalten war. Natürlich waren die anderen beinahe vor Neid geplatzt, und erst, als sie merkten, dass ich Gento nur putzen, aber nicht reiten durfte, wurde es ihnen gleichgültig.

Ich war glücklich. Von meinem gesparten Taschengeld kaufte ich anständiges Putzzeug, Schweifspray und Huffett, denn mit den alten Wurzelbürsten, die Herr Lauterbach hatte, konnte man nichts mehr anfangen. Seitdem führte mein Weg vom Schulbus mittags nicht direkt nach Hause, sondern erst bei Gento vorbei. Er stand in einer Außenbox, deshalb konnte ich zu ihm, auch wenn der Stall über Mittag geschlossen war. Ich putzte ihn jeden Tag, schrubbte und fettete seine Hufe, verlas seinen prachtvollen Schweif und ließ mir zeigen, wie man eine Mähne verzieht. Mindestens einmal in der Woche putzte ich das Sattelzeug, das bis dahin schrecklich ausgesehen hatte. Die Möhren und Äpfel für Gento wusch ich gründlich und schnitt sie in kleine Stücke, außerdem goss ich immer etwas Sonnenblumenöl über die Möhren, weil ich gehört hatte, dass dadurch das Fell mehr Glanz bekam. Ich führte den braunen Wallach herum, ließ ihn grasen oder saß in seiner Box und unterhielt mich mit ihm.

Musste ich für die Schule lernen, nahm ich meine Schulbücher mit und las ihm vor, und schon bald war es nicht mehr zu bestreiten, dass Gento auf mich wartete.

Eines Tages traf ich Herrn Lauterbach, und er lobte mich für die gute Pflege.

»So hat Gento wirklich noch nie ausgesehen«, stellte er fest und ich wurde vor Glück rot. »Er glänzt ja wie eine reife Kastanie!«

Hin und wieder wurde ich von Simon und den anderen älteren Jugendlichen im Stall verspottet.

»Der Lauterbach nutzt dich doch nur aus«, sagte Simon an einem Nachmittag, als ich Gento am Halfter auf dem schmalen Grünstreifen neben dem Springplatz grasen ließ, damit sein frisch gewaschener Schweif in der Sonne trocknen konnte. »Wenn er dich wenigstens für deine Sklavendienste reiten lassen würde, dann könnte ich das noch verstehen, aber so …«

Auf den Gedanken, Gento reiten zu wollen, wäre ich im Traum nicht gekommen. Das Pferd war ein sehr gutes Springpferd und ich leider keine besonders gute Reiterin. Das Gespött von Simon, Dani, Annika und den anderen Älteren prallte an mir ab. Sie waren ja nur neidisch. Ich war glücklich mit Gento und wenn meine Eltern nicht verlangt hätten, dass ich abends nach Hause kam, so hätte ich glatt bei ihm in der Box geschlafen.

Alles war wunderbar, wäre da bloß nicht der Urlaub in Frankreich gewesen!

An der Bushaltestelle in Bad Soden wartete ich auf meine Schwester Cathrin, die ein Jahr jünger war als ich und mit Pferden genauso wenig am Hut hatte wie meine Brüder Phil und Florian. Cathrin war mit demselben Bus gekommen wie ich, aber sie brauchte eine halbe Ewigkeit, um sich lautstark und tränenreich von all ihren Freundinnen zu verabschieden. Irgendwann ergriff ich ihren Arm und zog sie mit.

Sie stolperte rückwärts neben mir her und winkte schluchzend den Mädchen aus ihrer Klasse, als ob sie morgen nach Amerika auswandern und sie niemals wiedersehen würde.

»Kannst du meine Tasche mit nach Hause nehmen?«, fragte ich sie. »Dann kann ich schnell noch in den Stall und mich für eine Reitstunde eintragen.«

Meine Schwester drehte sich um, wischte sich mit dem Handrücken die Tränen von den Wangen und überlegte kurz. Ein berechnender Ausdruck trat in ihre Augen.

»Aber nur, wenn ich heute Nachmittag mitkommen und dir zugucken kann«, entgegnete sie.

Das passte mir gar nicht und das wusste Cathrin genau. Ich mochte es nicht, wenn meine Schwester mich in den Reitstall begleitete. Es mochte eigenartig klingen, aber im Stall war ich ein anderer Mensch und schämte mich in Grund und Boden, wenn meine Geschwister alberne Fragen stellten und mich damit vor den anderen blamierten. Aber heute war Ferienanfang und deshalb zeigte ich mich großmütig. Wahrscheinlich hatte sie es sich in ein paar Stunden sowieso schon wieder anders überlegt, denn meine Schwester änderte ihre Pläne oft innerhalb von Minuten.

»Klar«, sagte ich also. »Wenn ich überhaupt noch einen Platz kriege.«

Cathrin grinste zufrieden über ihr ganzes sommersprossiges Gesicht. An der zweiten Straßenecke ergriff sie meine Tasche, wir trennten uns, und ich marschierte die wenigen Meter weiter zum Reitstall.

Auf dem großen Reitplatz mit der weißen Umzäunung ritten ein paar Privatreiter auf ihren eigenen Pferden. Die mächtigen Bäume rings um den Platz spendeten Schatten, sodass man auch im Sommer nicht in der prallen Sonne reiten musste. In den sorgfältig geschnittenen Rosenbüschen und dem Kirschlorbeer summten die Bienen. Ich ging langsamer und warf den Reitern sehnsüchtige Blicke zu. Es musste herrlich sein, reiten zu können, wann immer man Lust und Zeit hatte.

»Hallo, Herr Kessler!«, rief ich dem Reitlehrer zu, als er auf Abros, dem großen Fuchswallach, der dem Vater meiner Freundin Bille gehörte, an mir vorbeitrabte.

»Hallo, Charlotte.« Der Reitlehrer parierte das Pferd neben mir durch. »Na, habt ihr endlich Ferien?«

»Ja.« Ich blieb stehen. »Kann ich heute Nachmittag um drei Uhr die Reitstunde mitreiten?«

»Natürlich. Trag dich nur im Buch ein.« Herr Kessler ließ die Zügel lang und fuhr sich mit einer Hand durch das kurz geschnittene dunkle Haar. »Hast du übrigens Lust, am Reitabzeichenlehrgang teilzunehmen?«

»Reitabzeichenlehrgang?«, wiederholte ich und bekam vor Aufregung weiche Knie. Herr Kessler fragte so ganz nebenbei, als sei es eine Selbstverständlichkeit. Beim letzten Mal, als im Reitstall eine Reitabzeichenprüfung abgenommen worden war, hatte er mich nicht angesprochen. Bedeutete dies etwa, dass ich mittlerweile gut genug reiten konnte?

»Ja«, sagte der Reitlehrer. »In der zweiten Julihälfte wollte ich einen Lehrgang anbieten, der mit der Prüfung zum Reitabzeichen abschließt. Ich dachte, dass Dorothee, Inga, Oliver, Karsten und du mitmachen könntet.«

Ich starrte ihn an. Meine Vorfreude verwandelte sich schlagartig in ein Gefühl bitterer Enttäuschung. Das durfte doch wohl nicht wahr sein! In der zweiten Julihälfte war ich nicht da.

»Na ja.« Herr Kessler schien etwas irritiert über meine fehlende Begeisterung. Er nahm die Zügel wieder auf und ließ Abros antraben. »Du kannst mir ja noch Bescheid sagen.«

Ich hörte Gento nach mir wiehern, aber ich stand noch wie betäubt am Geländer des Reitplatzes. Ausgerechnet in den Sommerferien würde ein Reitabzeichenlehrgang stattfinden – ohne mich! Alle meine Freunde würden daran teilnehmen, während ich in Frankreich herumhockte und mich zu Tode langweilte! Es war einfach ungerecht.

Langsam trottete ich zu Gentos Box. Der Wallach erwartete mich mit gespitzten Ohren und machte den Hals lang, um mit seiner Nase meine Taschen zu untersuchen. Ich öffnete die hölzerne Boxentür und strich Gento über den schweißverklebten Hals.

»Ich hab jetzt nichts für dich dabei«, sagte ich. »Ach je, du siehst ja wieder schlimm aus.«

Herr Lauterbach ritt immer spätabends. Wenn er für ein Turnier trainierte, musste Gento die vielen Hindernisse auf dem Platz springen. Nach dem Training hatte Herr Lauterbach es immer so eilig, dass er Gento nicht mehr trocken ritt, sondern einfach in die Box stellte. »Er will nur schnell an den Tresen im Casino kommen«, hatte meine Freundin Dorothee einmal spitz gesagt, und damit hatte sie nicht ganz unrecht. Als »Casino« wurde das Reiterstübchen bezeichnet, in dem sich die Reiter abends gerne trafen, um zusammen ein Bierchen zu trinken und zu quatschen. Durch die großen Scheiben konnte man in die Reithalle hinunterschauen und im Sommer gab es eine kleine Terrasse mit Blick auf den Reitplatz. Hier fanden auch die jährlichen Mitgliederversammlungen des Vereins statt, genauso wie die Nikolaus- oder die Weihnachtsfeier. Auch wir Jugendlichen saßen hin und wieder nach dem Reiten dort, schmökerten in den herumliegenden Pferdezeitschriften und genehmigten uns von unserem Taschengeld die eine oder andere Cola.

Ich vertröstete Gento auf später und ging hinüber in den Stall. In der Sattelkammer, die gleichzeitig das Stallbüro war, lag auf dem Schreibtisch das dicke Buch, in das die Reitstunden eingetragen wurden. Um drei Uhr waren nur vier Namen vermerkt. Meine Freundinnen Dorothee und Inga hatten dieselbe Idee wie ich gehabt. Oliver und Karsten, die sonst immer mit uns zusammen ritten, waren heute gleich nach der Schule mit ihren Eltern für zwei Wochen in den Urlaub entschwunden. Ich beneidete sie nicht, wobei sie noch Glück hatten, denn ich musste sogar für vier unendlich lange Wochen nach Frankreich fahren. Früher hatte mir das Spaß gemacht, aber jetzt, wo ich Gento hatte, war der Gedanke an eine vierwöchige Trennung kaum auszuhalten. Ja, ich wäre viel lieber hiergeblieben, um mit meinen Freunden den lieben langen Tag im Reitstall sein zu können. Und nun würde ich auch noch den Reitabzeichenlehrgang verpassen! Ich war den Tränen nahe, als ich meinen Namen in das Buch schrieb, und machte mich niedergeschlagen auf den Weg nach Hause.

Enttäuschungen

»Was machst du denn für ein Gesicht?«, fragte meine Mutter, nachdem sie mein Zeugnis gelesen hatte. »Bis auf Mathe ist doch alles ganz gut.«

Ich sah sie einen Moment lang verständnislos an. Das Zeugnis hatte ich über die Aussicht, was ich alles verpassen würde, völlig vergessen. Sie ging zurück in die Küche, wo unser Mittagessen schon auf dem Herd vor sich hin köchelte. Ich folgte ihr und setzte mich auf den Hocker, der vor dem Fenster stand.

»Herr Kessler hat mich gefragt, ob ich am Reitabzeichenlehrgang teilnehmen möchte«, erwiderte ich.

»Tatsächlich? Das ist doch schön.« Mama öffnete die Spülmaschine. »Kannst du die bitte mal ausräumen?«

Mit einem Seufzer erhob ich mich wieder, nahm das saubere Geschirr und Besteck aus der Maschine und sortierte es in Schränke und Schubladen. Dabei kam mir eine Idee.

»Der Lehrgang findet in der zweiten Julihälfte statt. Kann ich nicht hierbleiben?«

Mama zog die Augenbrauen hoch und musterte mich, als hätte ich den Verstand verloren oder hohes Fieber.

»Du willst wegen eines Lehrgangs nicht nach Noirmoutier?«

Ich zuckte mit den Schultern und nickte.

»Auf Noirmoutier hocke ich doch nur sinnlos am Strand herum«, antwortete ich. »Doro und Inga werden auch beim Lehrgang mitmachen, vielleicht dürfen sie dann sogar im September am Turnier teilnehmen. Ich verpasse das alles!«

»Es wird sicher mal wieder ein Lehrgang stattfinden.« Mama warf einen Blick auf die Küchenuhr über der Mikrowelle.

Das war also alles, was sie dazu zu sagen hatte! Ich konnte es nicht fassen.

»Würdest du bitte noch den Tisch decken? Es gibt gleich Essen.«

Erst wollte ich protestieren, immerhin hatte ich schon die Spülmaschine ausgeräumt, aber ich hatte Hunger. Außerdem hoffte ich in einem Winkel meines Herzens, dass ich meine Mutter durch meinen Arbeitseifer milde stimmen und davon überzeugen konnte, ohne mich nach Frankreich zu fahren.

Vielleicht konnte ich direkt nach dem Essen zu Dorothee gehen. Sie war meine beste Freundin und wohnte mit ihrer Familie direkt neben uns. Ich hatte beschlossen, sie zu fragen, ob ich, für den Fall, dass meine Eltern sich erweichen ließen, in den Ferien bei ihr bleiben konnte. Dorothees Eltern würden das ganz sicher erlauben. Allein der Gedanke an diese wunderbare Lösung vertrieb meine trübe Stimmung.

Um kurz vor eins begann Alissa, unser Berner-Sennenhund-Mischling, draußen wild zu bellen. Papa war eingetroffen. Als Landrat hatte er von morgens bis abends einen Termin nach dem anderen, sogar an den Wochenenden, aber wenn er es einrichten konnte, kam er mittags für eine Stunde nach Hause.

»Na, wie sind die Zeugnisse ausgefallen?«, erkundigte er sich, nahm sie von Mamas Sekretär und setzte sich an den Esstisch. Er fing mit Florians Zeugnis an. Mein kleiner Bruder grinste stolz. Für jede Eins gab es fünf Euro, für eine Zwei zwei Euro, für eine Drei immerhin noch einen. Er würde einen schönen Batzen Geld kassieren. Papa hatte keinen Grund, sich wirklich zu ärgern, nicht mal über Phils Zeugnis. Nur meine Fünf in Mathe veranlasste ihn zu einem Stirnrunzeln.

»Noch sieben Tage bis zum wohlverdienten Urlaub«, stellte er fest und blickte in die Runde. »Das sind doch richtig schöne Aussichten, nicht wahr?«

»Am liebsten würde ich hierbleiben«, verkündete ich, worauf mich meine Eltern und Geschwister entgeistert anstarrten.

Vier Wochen Atlantikküste! Schwimmen, Ballspielen am Strand, Fahrradtouren, Windsurfen, Faulenzen, Krabbenessen, Sonnenuntergänge am Meer – was konnte es Schöneres geben?

»Lotte ist eben nicht glücklich, wenn sie nicht nach Pferden stinkt und den Mist an den Schuhen kleben hat«, lästerte Phil mit vollem Mund.

»Ihr habt ja keine Ahnung«, erwiderte ich und stieß einen tiefen Seufzer aus. Mama hatte Hühnerfrikassee mit Reis gemacht, eines meiner Lieblingsgerichte, aber die Aussicht auf die Zeit ohne meinen geliebten Gento und den Reitstall verdarb mir den Appetit. Vier Wochen erschienen mir so lang wie ein ganzes Leben. Wenn ich Pech hatte, machte sich in meiner Abwesenheit irgendwer an Herrn Lauterbach heran und ich war Gento als Pflegepferd los! Die Konkurrenz war groß und gnadenlos. Und wenn meine Freunde das Reitabzeichen bestanden, würden sie nach dem Sommer in einer anderen Reitstunde reiten als ich. Diesen Vorsprung würde ich nie wieder aufholen!

»Auf Noirmoutier gibt es auch Pferde«, bemerkte Mama. »Du hast letzten Herbst die Prüfung zum Reiterpass bestanden und darfst dieses Jahr dort reiten. Das war doch in den letzten Jahren dein größter Wunsch.«

»Das ist nicht dasselbe!« Es war zu lächerlich, aber ich kämpfte plötzlich mit den Tränen.

»Aber Charlotte!« Papa schüttelte den Kopf. »Du bist doch immer so gerne nach Noirmoutier gefahren!«

»Da gab es auch Gento noch nicht!«

Mir entging nicht der Blick, den meine Geschwister wechselten. Ganz klar, sie hielten mich für geistesgestört. Doch das war mir egal.

»Kann ich nicht hierbleiben, Papa?«, bettelte ich. »Ich könnte bei Dorothee wohnen, die fahren dieses Jahr nicht weg. Es wäre doch viel billiger für dich, wenn ich nicht mitfahre!«

»Vor allen Dingen beim Essen«, stichelte Phil.

Ich überhörte seine Bemerkung und blickte Papa flehend an. Der aß ungerührt weiter.

»Ich passe auf unser Haus auf und wässere jeden Abend

den Garten. Dann sind die Blumen und der Rasen nicht so vertrocknet, wenn ihr zurückkommt.«

Ich wünschte mir so sehr, daheimbleiben zu dürfen, dass ich für einen Moment wirklich fest daran glaubte, ich könnte meine Eltern davon überzeugen, ohne mich nach Frankreich zu fahren.

»Du ziehst ja sämtliche Register.« Papa grinste, doch mit seiner nächsten Bemerkung zerstörte er meine Hoffnungen: »Wenn du achtzehn bist, können wir gerne noch mal über das Thema sprechen. Der Reitstall läuft dir schon nicht weg. Und jetzt keine Diskussion mehr.«

Um halb drei hatte Cathrin auf einmal keine Lust mehr, mich in den Reitstall zu begleiten. Deshalb ging ich alleine hinüber zu Dorothee, die mich schon in Reithosen und Stiefeln an der Haustür erwartete. Wir schlenderten in Richtung Stall. Selbst wenn wir uns nicht beeilten, brauchten wir höchstens drei Minuten. Darum beneideten uns alle, die mit Fahrrad, Mofa oder Bus zum Reitstall fahren mussten.

Dorothee und ich schmusten mit Gento und redeten über den Reitabzeichenlehrgang, bis Herr Schmidt, einer der beiden Pferdepfleger, um Viertel vor drei die Sattelkammer aufschloss.

Herr Kessler schrieb die Einteilung der Schulpferde für die Nachmittagsreitstunden meist bevor er den Stall zur Mittagspause verließ und in seine Wohnung über dem Casino ging. Schon vor einiger Zeit hatten Oliver und Karsten herausgefunden, dass man die Platte des alten Schreibtisches hochstemmen und das Blatt aus der obersten Schublade herausfischen konnte. Während ich an der Tür Schmiere stand, damit uns niemand überraschte, hob Dorothee die Platte an und überflog die Liste.

»Du hast Tanja«, flüsterte sie. »Und ich hab Douglas. Super!«

Herr Kessler wunderte sich oft, weshalb wir bereits die richtigen Pferde sattelten, bevor er überhaupt den Schreibtisch aufgeschlossen und die Liste ans Schwarze Brett gehängt hatte, doch bisher war er nicht hinter den Trick mit der Schreibtischplatte gekommen.

Um kurz vor drei tauchte auch Inga auf. Sie wohnte im Nachbarort und wurde meistens von ihrer Mutter mit dem Auto gebracht, weil sie sonst mit dem Fahrrad durch den Wald fahren musste. Inga hatte Goldi zugeteilt bekommen. Offenbar wollte der Reitlehrer uns am letzten Schultag eine Freude machen, denn jede von uns durfte ihr Lieblingspferd reiten.

Die Reitstunde fand bei dem herrlichen Wetter draußen auf dem Reitplatz statt, und es war herrlich! Ich hatte immer Mühe, faule Pferde vorwärtszubekommen, aber auf Tanja machte ich ein gutes Bild, denn die Stute war fleißig und fein im Maul und längst nicht so stur und abgestumpft wie der braune Hanko oder Brutus, das faule Sofa auf vier Beinen. Vor Hanko und der dunkelbraunen Farina hatte ich Angst, denn beide konnten heimtückisch und unerwartet buckeln. Schon öfter hatte ich unfreiwillig im Sand gelegen, wenn es ihnen plötzlich in den Kopf kam, denselben zwischen die Vorderbeine zu stecken und dabei auszukeilen. Ganz gemein war auch Flocki, der Knabstrupper Schimmelwallach, an dem nur der Name harmlos war. Wenn er keine Lust hatte, blieb er einfach in der Mitte der Reitbahn stehen oder rannte in rasendem Galopp los.

Meine Freundin Dorothee war viel energischer als ich. Sie hatte keine Angst, die Reitgerte in die Hand zu nehmen, um sich durchzusetzen. Dafür durfte ich oft die neuen Schulpferde reiten, wenn es welche gab, denn Herr Kessler fand, dass ich eine feine Hand hätte und weich im Sattel sitzen würde. Wenn sie neu waren, waren die Schulpferde noch schön zu reiten, aber mit der Zeit stumpften sie ab oder gewöhnten sich gemeine Tricks an, die mich in Angst und Schrecken versetzten. Früher war es auch deshalb mein größter Traum gewesen, ein eigenes Pferd zu haben. Ein Pferd, das nur mir gehörte!

Papa lachte immer, wenn ich wieder einmal meinen Wunsch nach einem eigenen Pferd äußerte, und winkte ab.

»Beweise mir erst einmal, dass du es auch wirklich ernst meinst mit den Pferden«, pflegte er zu sagen und mich dann gnadenlos an all das zu erinnern, was ich schon mit Feuereifer begonnen und nicht zu Ende geführt hatte: Judo, Klavierspielen, Basketball oder Voltigieren. Er begriff einfach nicht, dass Pferde etwas völlig anderes waren. Aber ich war fest entschlossen, es ihm zu beweisen. Seit es Gento für mich gab, hatte sich mein großer Traum darauf reduziert, ihn eines Tages reiten zu dürfen. Schon deshalb musste ich besser reiten lernen, auch wenn ich mich fragte, wie das wohl mit einer läppischen Reitstunde pro Woche funktionieren sollte.

Im vergangenen Herbst hatte ich immerhin schon den

Reiterpass erworben und mit Springstunden begonnen. Meine Eltern bezahlten mir nur eine Reitstunde in der Woche, das war schon teuer genug. Dorothee ging es genauso. Aus diesem Grund schufteten wir im Stall, um uns noch eine zweite Reitstunde dazuzuverdienen. Wir luden Heu und Stroh mit ab und schleppten die schweren Ballen auf den staubigen Heuboden über dem Stall, bis unsere Rücken schmerzten und unsere Arme lang und länger zu werden schienen. Wir kehrten die Bande in der Reithalle ab, putzten das Sattelzeug der Schulpferde und störten uns nicht daran, dass wir zu Hause Stress wegen unserer schmutzigen Klamotten bekamen. Die zweite Reitstunde in der Woche war jeden Ärger wert.

Nach der Reitstunde übergab ich Tanja an die Reiterin der nächsten Stunde und holte Gento aus seiner Box. Ich band ihn im Schatten der mächtigen Kastanie vor seiner Box an und begann, sein verklebtes Fell wieder auf Hochglanz zu bringen. Dorothee und Inga setzten sich auf die Bank nebenan.

»Es ist echt schade, dass du nicht bei dem Lehrgang mitmachen kannst«, sagte Dorothee.

Schade? Es war eine Katastrophe, eine himmelschreiende Ungerechtigkeit! Insgeheim hegte ich die Hoffnung, dass Dorothee und Inga aus Solidarität zu mir auch nicht teilnehmen würden, aber da hatte ich mich getäuscht.

»Es wird sicher lustig«, schwärmte Inga. »Jeden Morgen und jeden Nachmittag gibt es jeweils eine Reitstunde. Dreimal die Woche ist Springstunde und Theorie.«

Mir entging nicht, wie sie Dorothee mit dem Ellbogen anstieß. Ich biss mir auf die Lippen und fühlte mich ganz und gar ausgeschlossen. Während meine angeblich besten Freundinnen Überlegungen anstellten, wer wohl alles bei dem Lehrgang dabei sein und wer welches Pferd reiten würde, hätte ich vor Enttäuschung und Zorn heulen können.

»He, da kommen Dani und Susanne.« Inga sprang auf. »Ob die wohl schon von dem Lehrgang wissen?«

Sie lief los und zog Dorothee hinter sich her. Ich blieb allein mit Gento zurück und kämpfte gegen die Tränen. Es war nicht dieser blöde Lehrgang, den ich verpassen würde, nein. Viel enttäuschender war das Gefühl, dass ich meinen Freundinnen gleichgültig war. Ich wusste, dass Inga und Dorothee neidisch gewesen waren, als ich Gento als Pflegepferd und überdies einen Schlüssel für die zweite Sattelkammer bekommen hatte, obwohl sie es nie zugegeben hatten. Jetzt kam es mir so vor, als würden sie mit voller Absicht Salz in meine Wunden streuen.

»Hallo, Charlotte.« Isa blieb mit dem braunen Vollblutwallach Natimo am Zügel neben mir stehen und musterte Gento kritisch. »Na, der sieht ja wirklich toll aus. Als hättest du ihn eingeölt!«

Sie war schon achtzehn und zweifellos eine der besten Reiterinnen unseres Reitvereins. Mit den beiden Privatpferden Natimo und Heide war sie im hessischen C-Kader und ritt erfolgreich in Dressurprüfungen bis zur Klasse S. Trotzdem war sie nie arrogant, sondern richtig nett, sogar zu uns Jüngeren. Normalerweise hätte mich das Lob aus ihrem

Mund wahnsinnig stolz gemacht, aber heute bedeutete es mir nichts.

»Danke«, erwiderte ich nur und hoffte, sie würde nicht auch von diesem blöden Lehrgang anfangen, auf den ich mich, im Gegensatz zu allen anderen, nicht freuen durfte. Sie merkte wohl, dass ich nicht besonders gut drauf war, denn sie wünschte mir nur viel Spaß und führte Natimo Richtung Dressurplatz.

Dorothee, Inga und ich verbrachten den ganzen Nachmittag im Stall. Irgendwann wurde den beiden das Thema Reitabzeichen langweilig. Wir setzten uns auf eine der Bänke am Reitplatz und sahen zu, wie Isa mit Natimo so komplizierte Lektionen wie Galopptraversalen und Einerwechsel übte. Dabei malten wir uns zum tausendsten Mal aus, wie es wohl sei, ein eigenes Pferd zu haben. Jede von uns hatte genaue Vorstellungen von ihrem Traumpferd, und Gento kam meiner Vorstellung sehr nahe.

Um sieben Uhr wurde Inga von ihrer Mutter abgeholt, Dorothee und ich wollten auch gerade nach Hause gehen, als Herr Lauterbach in Begleitung eines jungen Mannes, der Reithosen und Chaps trug, aus dem Stall kam. Sie gingen hinüber zu Gentos Box und ich folgte ihnen. Irgendwie hatte ich ein seltsames Gefühl.

»In diesem Jahr hatte ich schon sechs Platzierungen in M-Springen mit ihm«, hörte ich Herrn Lauterbach sagen. »Und zweimal habe ich L-Springen gewonnen. Verweigern kennt er nicht. Er springt immer und aus jeder Lage.«

»Guten Abend«, sagte ich schüchtern. Sie sollten nicht

glauben, ich würde sie neugierig belauschen. Mir gefiel die Art nicht, wie der junge Mann Gento in seiner Box musterte.

»Hallo, Charlotte«, begrüßte mich der Besitzer *meines* Pferdes, »du hast Gento ja wieder mal auf Hochglanz poliert!«

Herr Lauterbach lachte ein bisschen zu laut, und mich beschlich erneut der Eindruck, dass ich diesen Mann nicht mochte, der nie eine Möhre oder einen Apfel für sein Pferd dabeihatte und es auch nach einem anstrengenden Turnier mit schmutzigem Fell in die Box stellte. Er nestelte sein Portemonnaie aus der Hosentasche und holte einen Geldschein heraus.

»Hier, Charlotte.« Er reichte mir einen Zwanzig-Euro-Schein. »Ihr habt doch jetzt Ferien. Da kannst du ein bisschen Extra-Geld sicher gut gebrauchen.«

»Aber … aber … das ist doch nicht nötig«, stotterte ich verlegen. »Ich mache das doch gerne.«

»Nein, nein, nein. Das hast du dir wirklich verdient.« Herr Lauterbach drückte mir den Geldschein in die Hand und klopfte mir übertrieben kameradschaftlich auf den Rücken. Sonst war er nie so freundlich. Er streifte Gento das Halfter über und holte ihn aus seiner Box.

Der junge Mann betrachtete das Pferd prüfend.

»Wie kriegst du das hin, dass er so glänzt?«, wandte er sich an mich.

»Ich putze ihn jeden Tag«, erwiderte ich. »Und ich gieße ihm Sonnenblumenöl über seine Karotten.«

Die beiden Männer lachten, als ob ich etwas Dummes gesagt hätte. Ich kam mir blöd vor.

»Na, dann wollen wir ihn mal satteln.« Herr Lauterbach ging in den Stall, um das Sattelzeug zu holen.

»Du pflegst Gento also.« Der junge Mann tätschelte Gentos Hals. »Wie ist er denn so im Umgang?«

»Er ist das bravste Pferd der Welt«, antwortete ich, eifrig bemüht, nur das Beste von meinem Liebling zu sagen. »Er erschrickt vor nichts und will immer nur schmusen. Er ist auch nicht kitzlig oder so, und man kann ihn am Halfter grasen lassen.«

»Das ist ja prima.« Der Mann nickte zufrieden.

Herr Lauterbach kam zurück und machte sich daran, Gento zu satteln. Doch zu meiner Verwunderung schwang nicht er, sondern der junge Mann sich in den Sattel und ritt auf den Springplatz. Ich ging zu Dorothee, die sich auf den Anbindebalken am Rande des Platzes gesetzt hatte.

»Wer ist denn der Typ?«, fragte meine Freundin.

»Keine Ahnung.« Ich ließ den Mann und Gento nicht aus den Augen. »Er hat mich lauter Sachen gefragt. Wie ich es hinkriege, dass Gentos Fell so glänzt, und wie er so im Umgang ist …« Ich verstummte.

Eine Weile sahen wir schweigend zu. Der junge Mann ritt gut. Herr Lauterbach begann, die Hindernisse auf dem Platz niedriger zu machen. Er redete mit dem Mann, der auf Gento um ihn herumtrabte und -galoppierte.

»Lotte«, sagte Dorothee leise, »ich will dir echt keine Angst machen, aber ich finde, es sieht irgendwie so aus, als ob der Mann Gento … ausprobieren würde.«

»Ausprobieren?« Ich kapierte nicht, was sie meinte. »Wofür denn?«

»Na ja.« Dorothee sah mich nachdenklich an. »Vielleicht will Herr Lauterbach Gento verkaufen.«

Gento verkaufen? Mir wurde vor Schreck erst heiß, dann eiskalt. Nein, das war unmöglich! Wieso sollte Herr Lauterbach so etwas tun? Schließlich hatte er dem Mann doch erst vor ein paar Minuten ganz stolz erzählt, was Gento schon alles an Preisen gewonnen hatte.

Doch plötzlich hing ein noch dunklerer Schatten über dem schönen sonnigen Abend, dem letzten Schultag vor den großen Ferien. Ich traute mich kaum über das nachzudenken, was Dorothee gesagt hatte. Wie entsetzlich, wie unvorstellbar schrecklich, wenn das geschehen würde! Düster sah ich zu, wie der Mann mit Gento über ein paar niedrige Hindernisse sprang. Der braune Wallach flog mühelos über Steilsprünge, Oxer, die zweifache Kombination. Herr Lauterbach erhöhte die Hindernisse und grinste zufrieden.

»Hoffentlich schmeißt Gento den Kerl in den Dreck«, murmelte ich, aber nichts dergleichen geschah. Gento sprang geschmeidig und fehlerlos, bis der Mann zum Schritt durchparierte und dem Pferd den Hals klopfte. Er hielt neben Herrn Lauterbach an, doch obwohl Dorothee und ich die Ohren spitzten, konnten wir nicht verstehen, was die beiden Männer sprachen.

»Komm.« Dorothee rutschte von dem Balken. »Lass uns gehen. Es ist fast halb acht, und ich will nicht gleich zum Ferienbeginn Ärger kriegen.«

Ich warf Gento noch einen sehnsüchtigen Blick zu und folgte meiner Freundin dann schweren Herzens die Auffahrt hinunter nach Hause.

Daheim zankten sich Florian und Cathrin um die besten Sessel im Fernsehzimmer. Ich zog meine Stiefel aus und wollte gerade nach oben in mein Zimmer gehen, als Mama zur Haustür hereinkam. Sie hatte wohl im Garten gearbeitet, was sie mit Vorliebe tat. Stundenlang konnte sie in den Blumenbeeten herumhäckeln, Rosen schneiden oder ihre Tomatenpflanzen umtopfen. In einer Hand trug sie nun eine Schüssel mit frisch gepflückten Johannisbeeren, in der anderen ihre Gartenhandschuhe.

»Na, wie war es heute im Stall?« Mama ging an mir vorbei in die Küche und stellte die Schüssel mit den Johannisbeeren in die Spüle. »Welches Pferd hast du geritten?«

»W... wie bitte?« Ich starrte sie verwirrt an und musste wirklich einen Moment überlegen, bevor mir wieder einfiel, dass ich Tanja geritten hatte.

»Ist irgendetwas passiert?«, fragte Mama und sah mich prüfend an.

»Ein Mann ist heute auf Gento geritten.« Ich traute mich kaum, die ungeheuerliche Vermutung auszusprechen. »Er ist mit ihm gesprungen. Dorothee meint, dass Herr Lauterbach ihn vielleicht ... verkaufen will.«

»Wie kommt sie denn darauf?«

»Es war eben alles so komisch.« Ich zuckte mit den Schultern. »Sie haben sich darüber unterhalten, was Gento in diesem Jahr schon alles auf Turnieren gewonnen hat. Und der Mann hat mich über Gento ausgefragt.«

»Nun ja.« Mama öffnete den Kühlschrank und nahm einen großen Becher Quark heraus, dann begann sie, die Stiele von den Johannisbeeren zu zupfen. »Gento ist nun einmal nicht dein Pferd. Manchmal muss man im Leben auch Verluste einstecken. Weißt du noch, wie traurig du warst, als Samora verkauft worden ist?«

»Aber das war etwas ganz anderes!«, antwortete ich heftig. »Samora war doch bloß ein Schulpferd! Gento ist … er … er ist …«

Ich brach ab. Wie sollte ich meiner Mutter erklären, dass Gento einfach *alles* für mich war?

»Jetzt mach dir mal nicht so viele Sorgen«, sagte Mama. Sie war in Gedanken schon wieder ganz woanders. »Bis jetzt sind das doch alles nur Vermutungen. Gleich gibt's Quark mit frischen Beeren aus dem Garten.«

»Ich hab keinen Hunger.« Ich drehte mich frustriert um und ging die Treppe hoch. Wie sehr hatte ich mich auf den Sommer mit Gento gefreut. Und plötzlich musste ich fürchten, ihn zu verlieren.

Nicht ohne Gento

In den Sommerferien fanden nachmittags keine Reitstunden statt, deshalb hatte ich mich für die Stunde morgens um neun eingetragen. Papa und Mama hatten mir erlaubt, bis zu unserer Abfahrt nach Frankreich jeden Tag reiten zu gehen. Es waren ein paar Tage vergangen, seitdem der fremde Mann auf Gento geritten war, und allmählich kam ich zu der Überzeugung, dass Dorothee sich geirrt haben musste. Herr Lauterbach hatte eben einen Bekannten auf seinem Pferd reiten lassen, sonst nichts.

Gento wieherte auch an diesem Morgen, als er mich die Auffahrt hochkommen sah. Ich ging zu ihm und gab ihm einen Apfel.

»Wenn ich doch nur viel Geld hätte, dann würde ich dich sofort kaufen«, sagte ich zu dem braunen Wallach, der genüsslich den Apfel kaute und dabei mein T-Shirt vollsabberte. Ich hatte das nur so dahingesagt, aber warum sollte ich Herrn Lauterbach nicht einfach mal fragen? Vielleicht reichten die dreitausend Euro, die sich auf meinem Sparbuch angesammelt hatten.

Im Wald hinter dem Stall zwitscherten die Vögel in den Bäumen. Ab und zu kam ein früher Jogger auf dem Waldweg vorbei, der direkt am Jägerzaun hinter Gentos Box entlangführte, oder ein Spaziergänger mit seinem Hund. Herr Schmidt und Herr Pfeffer, die beiden Pferdepfleger, leerten wie jeden Morgen Schubkarre für Schubkarre dampfenden Pferdemist auf den Misthaufen, die beiden Stallkatzen wärmten sich in den Strahlen der Sonne, die einen herrlichen Sommertag verhieß.

Ich schmuste mit Gento und überlegte mir, wie ich das Gespräch mit Herrn Lauterbach anfangen konnte. Deshalb bemerkte ich Herrn Kessler erst, als er um den Misthaufen herumkam und vor mir stehen blieb.

»Guten Morgen, Charlotte«, sagte er.

»Hallo, Herr Kessler«, erwiderte ich überrascht und ließ Gentos Halfter los. Der Reitlehrer lächelte nicht und war irgendwie komisch. Mein Herz begann zu klopfen. Plötzlich war die düstere Vorahnung wieder da, die Dorothees Worte in mir heraufbeschworen hatten. Gento stupste mich an, aber ich beachtete ihn nicht. Wie hypnotisiert hing mein Blick am Gesicht des Reitlehrers, der normalerweise nicht über den Hof und um den Misthaufen herumgelaufen wäre, sondern mir von der Stalltür aus »Guten Morgen!« zugerufen hätte.

»Äh … Lotte«, begann Herr Kessler und fixierte die Spitzen seiner glänzenden Reitstiefel, »Herr Lauterbach hat doch sicher schon mit dir gesprochen, oder?«

»Nein.« Ich spürte, wie mir schmerzhaft die Tränen in die Augen sprangen. »Wieso?«

Dorothee hatte recht gehabt, und ich dumme Kuh hatte dem Kerl noch in höchsten Tönen vorgeschwärmt, was für ein tolles Pferd Gento war!

»Das finde ich ja ein starkes Stück.« Herr Kessler räusperte sich. »Immerhin kümmerst du dich schon eine ganze Weile hervorragend um sein Pferd. Nun ja, lange Rede kurzer Sinn. Herr Lauterbach hat Gento verkauft. Er hat geschäftlich so viel zu tun, dass ihm keine Zeit mehr zum Reiten bleibt.«

Gento war verkauft. Jetzt war es eine Tatsache, keine bloße Befürchtung mehr. Ich schluckte und kämpfte gegen die aufsteigenden Tränen, doch gleichzeitig zuckte eine wilde, ohnmächtige Wut in mir hoch: Was glaubte dieser blöde Lauterbach eigentlich? Er hielt es nicht einmal für nötig, mir mitzuteilen, dass er sein Pferd verkauft und damit mein ganzes Leben ruiniert hatte! Stattdessen drückte er der kleinen dummen Gans, die sein Pferd putzte, einen lumpigen Geldschein in die Hand!

»Charlotte?« Herr Kessler stand immer noch vor mir und machte ein Gesicht, als wäre er am liebsten ganz weit weg.

»Wie konnte ich nur sein blödes Geld annehmen?«, knirschte ich zornig und verletzt.

»Wie bitte?« Der Reitlehrer sah mich verwundert an.

»Ach, nichts.« Verzweifelt bemühte ich mich darum, die Fassung zu bewahren. »Ich … ich werde Herrn Lauterbach fragen, ob er Gento nicht an mich verkaufen kann. Ich habe Geld gespart …«

»Soweit ich weiß, ist der Handel perfekt.« Herr Kessler warf einen Blick auf seine Uhr. »Der neue Besitzer möchte das Pferd schon heute Nachmittag abholen. Lotte, nun sei nicht traurig. Wenn du möchtest, kannst du jetzt Liesbeth reiten. Wir machen einen Ausritt.«

An einem anderen Tag hätte mich diese Aussicht entzückt, aber nicht heute. Nicht jetzt, wo mein ganzes Leben in Schutt und Asche lag.

»Ich … ich reite nicht«, flüsterte ich. »Ich werde nie mehr reiten. Und ich komme auch nicht mehr hierher, wenn Gento weg ist.«

»Na, na«, sagte Herr Kessler tröstend. »Das wird schon wieder. Vielleicht kommt ja bald ein neues Pferd, um das du dich dann kümmern kannst. Wenn mich ein Besitzer nach einem zuverlässigen Mädchen fragt, werde ich dich empfehlen.«

Ich starrte den Reitlehrer fassungslos an. Begriff er nicht, was ich fühlte, was Gento mir bedeutete? Glaubte er, mir ginge es einzig und allein darum, irgendein Pferd zu pflegen?

»Danke, nein«, stieß ich bitter hervor. »Damit das nächste Pferd dann auch irgendwann verkauft wird!«

Herr Kessler zuckte angesichts seiner fehlgeschlagenen Tröstungsversuche hilflos mit den Schultern.

»Ich muss jetzt leider Unterricht geben«, sagte er. »Ich wollte nur nicht, dass du plötzlich vor einer leeren Box stehst.«

»Danke«, würgte ich hervor und wartete, bis er weg war.

Warum musste ausgerechnet Gento verkauft werden? Es gab vierzig Pferde im Reitstall, bei denen ich keine Träne vergossen hätte, wenn sie vor meinen Augen abtransportiert worden wären.

Der braune Wallach fuhr mir ahnungslos mit seiner Nase durchs Haar und schnaubte, weil es kitzelte. Nie mehr würde ich seinen Kopf über der Boxentür auftauchen sehen, kein Begrüßungswiehern würde mir mehr entgegenschallen! Ich würde mich wieder mit den anderen um die Schulpferde streiten müssen und nie mehr ein Lob von Isa hören, weil das Pferd, das ich geputzt hatte, so toll glänzte. Simon, Dani, Annika, Susanne und die anderen würden hinter meinem Rücken schadenfroh grinsen. Ein fremdes Pferd würde in Gentos Box stehen, und ich würde niemals die Chance bekommen, auf ihm zu reiten!

Das ganze Ausmaß der Katastrophe brach wie ein Erdrutsch über mich herein. Ich verbarg das Gesicht in den Händen und begann, hemmungslos zu weinen.

Ich ließ die Reitstunde ausfallen und ging schweren Herzens nach Hause. Dorothee war heute mit ihrer Mutter und ihren jüngeren Geschwistern zu ihrer Oma nach Köln gefahren, Inga war schon im Urlaub. Es gab keinen Menschen, dem ich von meinem Kummer erzählen konnte und der meinen Schmerz verstehen würde.

Meine Mutter blickte mich erstaunt an, als ich nur eine Stunde nachdem ich in den Reitstall gegangen war, wieder nach Hause kam.

»Ist etwas passiert?«, fragte sie besorgt.

»Gento ist verkauft worden«, entgegnete ich tonlos und ohne sie anzusehen. »Er wird schon heute Nachmittag abgeholt.«

Eine Träne lief mir übers Gesicht.

»Ach, das tut mir aber leid«, sagte Mama. »Woher weißt du das?«

»Herr Kessler hat es mir eben gesagt.« Ich starrte auf den Boden. »Der Lauterbach war zu feige.«

Das Telefon klingelte.

»Na, komm schon, Lotte.« Mama ging an mir vorbei zum Telefon. »In drei Tagen fahren wir nach Noirmoutier. Und danach findest du sicher ein anderes Pflegepferd.«

»Ich will kein anderes Pferd!«, schrie ich. »Ich will überhaupt nie mehr reiten. Ich wollte, ich wäre tot!«

Ausbrüche dieser Art beeindruckten meine Mutter leider nicht sonderlich. Vier Kinder hatten sie im Laufe der Zeit abgehärtet.

Bevor Cathrin oder gar Phil auftauchen konnten, stürmte ich die Treppe hoch, knallte die Tür meines Zimmers hinter mir zu und warf mich aufs Bett. Mein Herz krampfte sich zusammen vor Schmerz und Trauer. Warum war das Leben bloß so ungerecht? Weshalb musste ich das Wichtigste in meinem Leben verlieren? Ich schluchzte und trommelte mit den Fäusten auf mein Kopfkissen. Heute Nachmittag würde ich das allerletzte Mal in meinem Leben in den Reitstall gehen, um Gento Lebewohl zu sagen. Und danach, so schwor ich mir, würde ich niemals wieder ein Pferd auch nur ansehen!

Als ich um halb drei mit bleischweren Beinen und einem Knoten im Magen die Auffahrt zum Reitstall hochlief, parkte im Hof bereits ein fremder schwarzer Geländewagen mit einem Pferdeanhänger. Da waren sie schon. Sie holten mein Pferd ab.

Meine Hand schloss sich fester um das rote Sparbuch

in meiner Hosentasche. Vielleicht ließ sich der Mann ja überzeugen und würde mir Gento wieder verkaufen. Was bedeutete ihm schon ein Pferd, das er nur einmal in seinem Leben gesehen hatte?

Herr Lauterbach war auch da.

Als Gento mich erblickte, wieherte er fröhlich. Es schnitt mir ins Herz. Er konnte ja nicht ahnen, dass es heute das letzte Mal war!

»Ach, Charlotte …« Herr Lauterbach schien sich bei meinem Anblick sichtlich unwohl in seiner Haut zu fühlen. »Es … es tut mir leid, dass ich vergessen habe, es dir zu sagen, aber ich hatte so viel zu tun …«

Stumm holte ich den Geldschein, den er mir gegeben hatte, heraus und warf ihn dem Mann vor die Füße.

»Ich will Ihr Schmiergeld nicht«, stieß ich hervor. »Alles, was ich getan habe, habe ich für Gento getan und nicht für Sie. Er war immer brav und als Dank dafür verkaufen Sie ihn einfach.«

Herr Lauterbach lief rot an, aber es hatte ihm offenbar die Sprache verschlagen.

Der junge Mann grinste belustigt. Lachte er mich etwa aus? Egal. Was hatte ich schon zu verlieren?

»Ich wollte Sie fragen, ob Sie mir Gento nicht verkaufen würden«, wandte ich mich nun verzweifelt an den neuen Besitzer und zog mein Sparbuch heraus. »Ich habe dreitausend Euro, die kann ich Ihnen geben.«

»Hm, ich glaube nicht, dass das reicht«, antwortete der junge Mann freundlich. »Aber du musst dir keine Sorgen um Gento machen. Er wird es bei uns sehr gut haben.«

»Ich kann sicher noch fünfhundert Euro dazulegen«, beharrte ich und hielt ihm hoffnungsvoll mein Sparbuch hin. Zögerte der Mann? Überlegte er es sich vielleicht doch noch anders? Mein Herz klopfte wie wild.

»Komm, Mädchen, jetzt hör auf mit dem Zirkus«, mischte sich Herr Lauterbach ein und ließ die Klappe des Pferdeanhängers herunter. »Ich muss wieder in die Firma zurück.«

Doch ich beachtete ihn nicht.

»Es tut mir leid, Charlotte.« Der junge Mann lächelte nicht mehr und hob bedauernd die Schultern. »Ich kann mir vorstellen, wie weh es dir tut, wenn ich Gento jetzt mitnehme. Aber ich habe fünfundvierzigtausend Euro für ihn bezahlt.«

Mir wurde schwindelig, meine Knie zitterten. Fünfundvierzigtausend Euro! Die Enttäuschung schlug wie eine schwarze Welle über mir zusammen. Gento wieherte wieder und klopfte ungeduldig mit dem Huf gegen die Boxentür. So lange hatte ich ihn noch nie auf seinen Apfel warten lassen.

»Ich gebe dir meine Adresse«, schlug der junge Mann vor und zog eine Visitenkarte aus seiner Brieftasche. »Du kommst Gento einfach mal bei uns besuchen. So weit ist es ja nicht.«

Er hielt mir die Visitenkarte hin.

»Weißt du, ich habe Gento oft auf Turnieren gesehen und freue mich sehr, dass er jetzt mir gehört. Er wird eine schöne Box mit Fenster bekommen und eine Koppel, die er hier nicht hat. Ruf mich einfach an, wenn du ihn besuchen möchtest, okay?«

Ich nickte benommen und nahm die Karte. Dann sah ich zu, wie er Gento aus seiner Box holte. Er hatte ihm ein neues Lederhalfter angezogen und der braune Wallach folgte ihm willig auf den Pferdehänger. Herr Lauterbach schloss die Klappe. Er hatte Gento zum Abschied nicht einmal gestreichelt! Der junge Mann winkte mir noch einmal zu, dann setzte er sich in sein Auto und fuhr davon. Mit meinem Pferd.

»Leb wohl, Gento«, flüsterte ich. Alles verschwamm vor meinen Augen, aber ich sah dem Anhänger nach, bis er die Auffahrt hinuntergefahren und verschwunden war.

Oft hatte ich so dagestanden und Gento nachgesehen, wenn Herr Lauterbach auf ein Turnier gefahren war. Doch da hatte ich gewusst, dass er am nächsten Tag wieder in seiner Box stehen würde. Diesmal würde er nicht wiederkommen. Gento war fort. Für immer.

Aller Abschied ist schwer

Am nächsten Morgen stand ich erst gar nicht auf. Wozu auch? Es war keine Schule und im Stall erwartete mich auch niemand mehr. Meine Mutter machte einen halbherzigen Versuch, mich zum Frühstück nach unten zu locken. Meine Geschwister lärmten im Haus. Cathrin wurde von einer Freundin abgeholt, wenig später verstummte Phils E-Gitarre, die er letztes Weihnachten bekommen hatte, und er verschwand mit seinem Kumpel Richtung Freibad. Für sie war alles wie immer. Sie konnten nicht verstehen, was für eine entsetzliche Leere in meinem Herzen herrschte.

Der Vormittag verging. Draußen schien die Sonne ganz so, als ob alles in bester Ordnung wäre. Die schrecklichsten Dinge geschahen: Menschen starben, Flugzeuge stürzten ab, Kinder verhungerten und Pferde wurden verkauft – die blöde Sonne schien unverdrossen vom blauen Himmel. Es hätte regnen müssen! Wassermassen hätten vom nachtschwarzen Himmel stürzen müssen, tagelang ohne Unterbrechung. Das wäre ein Trost gewesen!

Gegen Mittag versuchte Florian vergeblich, mich mit Nudeln und Gulasch zu ködern. Ich widerstand der Versuchung und blieb im Bett. Irgendwann kam Dorothee herein und setzte sich auf den Bettrand.

»Mensch, Lotte«, sagte sie mitfühlend. »Es tut mir so leid. Ausgerechnet gestern, als ich nicht da war.«

Ich hatte ihr noch nicht verziehen, dass sie ohne mich das Reitabzeichen machen würde. Vielleicht hatte sie sich zusammen mit Inga heimlich über den Verkauf von Gento gefreut, diese falsche Schlange, die ich für meine beste Freundin gehalten hatte! Ich wünschte, es wäre nicht so, aber ich traute ihr nicht mehr.

»Lass nur.« Ich sah sie nicht an.

»Komm.« Sie schüttelte mich leicht an der Schulter. »Lass uns in den Stall gehen. Der Kessler hat gefragt, ob du mit ausreiten willst.«

»Nein«, erwiderte ich dumpf. »Ich gehe nie mehr in den Stall. Ich stehe überhaupt nie wieder auf, bis ich sterbe.«

Dorothee seufzte. Nach einer Weile zog sie unverrichteter Dinge ab. Draußen wurden die Schatten länger.

Ich hörte Papas Mercedes vorfahren, unser Hund bellte begeistert zur Begrüßung. In den großen Linden im Garten zwitscherten die Vögel. Cathrin und Florian schienen auf der Terrasse zu sitzen, ihr Lachen und ihre hellen Stimmen drangen durchs geöffnete Fenster zu mir herauf. Ich hätte tot sein können, sie kümmerten sich nicht um mich. Vor lauter Selbstmitleid weinte ich ein bisschen. Etwas später klopfte es an der Tür. Es war Papa, und er hatte einen Teller in der Hand.

»Ich will nichts essen. Nie mehr«, sagte ich und starrte an die Decke. Aus den Augenwinkeln erblickte ich allerdings ein Brot mit ordentlich viel Nutella drauf, so wie ich es am liebsten mochte.

Papa stellte den Teller auf den Schreibtisch, nahm meinen Schreibtischstuhl und setzte sich.

»Es tut mir sehr leid, dass Gento verkauft worden ist«, begann er. »Und ich verstehe, wie weh es dir tut.«

»Wie kannst du das denn verstehen?«, entgegnete ich. »Du hast ihn doch gar nicht gekannt! Für dich war Gento einfach nur irgendein Pferd.«

»Das mag sein«, erwiderte Papa. »Aber ich verstehe deine Trauer und kann deinen Verlust mitfühlen. Es passiert nämlich leider immer wieder im Leben, dass man jemanden verliert, den man sehr gern hat. Ich war auch sehr traurig, als meine Eltern gestorben sind, obwohl ich Mama und euch hatte.«

Ich sah ihn an und rief mir ins Gedächtnis, wie Papa geweint hatte, als sein Vater gestorben war. Ich war erst sechs Jahre alt gewesen, aber ich konnte mich noch sehr gut daran erinnern, denn es war das erste Mal gewesen, dass ich Papa hatte weinen sehen.

»Der Mann stirbt oder die Frau«, fuhr Papa fort, »oder – was ganz schlimm ist – ein Kind. Man verliert Freunde, weil man umzieht. In deinem Fall ist es Gento, der verkauft worden ist, ohne dass du etwas daran ändern konntest. Er ist aus deinem Leben verschwunden. Das ist schrecklich und man ist furchtbar traurig, aber auch Verluste gehören zum Leben.«

Unten erklang Florians Stimme. Mit einem Anflug von schlechtem Gewissen gestand ich mir ein, dass es mir weniger ausgemacht hätte, wenn mein nervtötender kleiner Bruder auf Nimmerwiedersehen verschwunden wäre.

»Der Schmerz gehört dazu«, sprach Papa weiter. »Dadurch weißt du erst, dass dir jemand etwas bedeutet hat. Doch eines Tages wird der Schmerz weniger. Du erinnerst dich an die schöne Zeit, die du mit Gento gemeinsam verbracht hast, und irgendwann kommt ein neues Pferd, das du magst.«

»Nein, nie mehr!«, stieß ich hervor. »Nie mehr werde ich mein Herz an ein Pferd hängen, das jemand anders gehört. Denn dann wird auch das Pferd eines Tages verkauft und dasselbe Theater geht wieder von vorne los! Ich wollte Gento ja noch kaufen, ich hatte extra mein Sparbuch mitgenommen, aber der Mann hat Herrn Lauterbach fünfundvierzigtausend Euro gezahlt …«

Bei dem Gedanken an mein entwürdigendes Betteln überkam mich wieder der Zorn.

»Du bist zu diesem Mann gegangen und hast ihn gefragt, ob er dir das Pferd verkauft?«, fragte Papa ungläubig.

»Ja.« Ich setzte mich auf. »Plötzlich war mir alles egal. Da stand Gento in seiner Box und dort stand der Pferdehänger. Ich dachte: jetzt oder nie. Aber ich habe mich nur blamiert mit meinem Sparbuch. Mehr nicht.«

Düster starrte ich vor mich hin. Meine einzige Genugtuung war, dass ich diesem blöden Lauterbach noch seine zwanzig Euro vor die Füße geworfen hatte.

»Das war aber ziemlich mutig von dir«, stellte Papa fest. »Hast du wirklich so sehr an Gento gehangen?«

»Er war alles für mich«, antwortete ich, diesmal ganz ehrlich und ohne jede Übertreibung. »Ich habe ihn geliebt.«

»Du musst das so sehen«, sagte Papa nach einer Weile,

»du und Gento, ihr hattet eine wunderschöne Zeit. Wie viele Menschen haben schon das Glück, ein solches Pferd zu erleben? Nun haben sich eure Wege getrennt. Wenn der Schmerz vorbei ist, bist du ein kleines Stückchen erwachsener geworden. Ein bisschen ist von dir gestorben, aber da wartet ganz sicher schon etwas Neues. Jeder Abschied ist schwer, doch es geht immer weiter ...«

Ich stieß einen tiefen Seufzer aus.

»Ich glaube, mir geht es schon wieder etwas besser«, sagte ich. »Gento ist ja auch nicht tot. Sein neuer Besitzer hat mich eingeladen, ihn jederzeit besuchen zu kommen. Er hat mir sogar seine Adresse und Telefonnummer gegeben.«

»Na, siehst du.« Papa lächelte und strich mir über die zerzausten Haare. »Am Freitag fahren wir nach Frankreich. Wenn du wiederkommst, sieht alles etwas anders aus. Und dann besuchen wir Gento mal. Einverstanden?«

»Ja.« Ich versuchte ein Lächeln. »Danke, Papa. Aber in den Reitstall gehe ich trotzdem nie mehr.«

»Na, da schauen wir mal.« Papa stand auf. »Und jetzt iss dein Brot, damit du mir hier nicht verhungerst.«

PFERDE AM STRAND

Am Freitagmorgen um sechs Uhr brachen wir nach Frankreich auf. Cathrin, Florian und ich fuhren mit Papa im Mercedes vorneweg, Mama folgte uns mit Phil, unserem Hund Alissa und der Rückbank voller Gepäck im Passat. Solange ich mich erinnern konnte, machten wir im Sommer vier Wochen Urlaub auf der Insel Noirmoutier an der Westküste Frankreichs. Papa nahm seinen Urlaub am liebsten an einem Stück, denn er war der Überzeugung, dass er mindestens vier Wochen brauchte, um sich richtig zu erholen. Diese Erholung musste dann auch für das ganze folgende Jahr anhalten, da wir weder an Weihnachten noch an Ostern wegfuhren.

Ich hatte einen Haufen Bücher eingepackt, die Reitsachen jedoch zu Hause gelassen. Von Pferden wollte ich in diesem Sommer nichts mehr sehen. Nachdem Gento abgeholt worden war, hatte ich den Reitstall nicht mehr betreten. Gento war weg – was sollte ich also dort?

Papa und Mama wollten es sich und uns Kindern nicht zumuten, eintausenddreihundert Kilometer an einem Stück zu fahren, deshalb übernachteten wir am Abend wie in jedem Jahr bei Freunden in der Nähe von Orléans, um am nächsten Tag die restliche Strecke in Angriff zu nehmen.

Natürlich konnten es Papa und Mama auch in den Ferien nicht lassen, uns mit Kultur vollzustopfen. Diesmal stand das Schloss Chambord auf dem Programm, das größte und prächtigste aller Loire-Schlösser mit seinen vielen weißen Türmen inmitten von sattgrünen Rasenflächen. Im Strom der Touristen liefen wir durch das gewaltige Schloss, während Papa und Mama, beide wandelnde Reiseführer, uns alles Wissenswerte erzählten. Besonders faszinierte uns die ungewöhnliche Schraubentreppe im Herzen des Schlosses. Sie bestand eigentlich aus zwei übereinandergebauten Treppen, die man rauf- oder runtergehen konnte, ohne sich dabei jemals zu begegnen.

Das fand sogar mein Bruder Phil so cool, dass er für einen Moment seinen iPod ausschaltete.

»Hier würde ich gerne wohnen!«, rief ich begeistert, als wir im Zimmer der Königin im ersten Stock standen. Aus dem Fenster hatte man einen wunderbaren Blick über die weiten Rasenflächen zum Fluss und dem dahinterliegenden Wald mit seinen breiten Alleen.

»Es muss einfach herrlich sein, frühmorgens durch den Nebel zu galoppieren«, schwärmte ich und sah mich in meiner Fantasie auf einem schneeweißen Schimmelhengst auf das Schloss zusprengen.

»Ich denke, du willst in deinem ganzen Leben nie wieder reiten«, erinnerte mich Cathrin mit typischer Kleine-Schwestern-Logik.

»Das geht dich nichts an«, erwiderte ich. Obwohl ich mir geschworen hatte, nie mehr ein Pferd auch nur anzuschauen, betrachtete ich doch alles mit den Augen einer

Reiterin. Insgeheim bedauerte ich jetzt schon, dass ich im Zorn meine Reitsachen nicht mitgenommen hatte, aber ich würde mir eher die Zunge abbeißen, als das zuzugeben.

Drei Stunden später verließen wir bei Nantes die Autobahn. Als das erste Mal »Noirmoutier« auf einem Schild stand, freute ich mich doch ein bisschen auf den Urlaub.

Papa ließ das Autofenster herunter. »Schmeckt ihr schon das Salz auf den Lippen, Kinder?«, scherzte er wie jedes Jahr. »Gleich sehen wir das Meer!«

Wir leckten uns die Lippen und beteuerten, dass sie schon ganz salzig waren. Papa lachte und Flori versuchte, am Horizont das Meer zu entdecken. Der Reitstall schien Lichtjahre entfernt!

An einem Samstagnachmittag war natürlich auf den Straßen zur Küste viel los und es dauerte noch anderthalb Stunden, bis wir Beauvoir-sur-Mer erreicht hatten. Auf der großen Anzeigetafel lasen wir, dass im Moment der tiefste Stand der Ebbe erreicht war. Es gab nämlich zwei Möglichkeiten, auf die Insel Noirmoutier zu gelangen. Die langweilige Variante war die große Brücke, die das Festland mit der Insel verband. Die zweite Möglichkeit war der Gois, eine alte Straße auf einem Damm, der bei Ebbe aus dem Meer auftauchte und nur für wenige Stunden passierbar war. Große Tafeln zeigten auf beiden Seiten der Straße die Uhrzeiten an, zu denen ein gefahrloses Passieren möglich war. Trotzdem wurden in jedem Jahr Leichtsinnige, die die Geschwindigkeit der herannahenden Flut unterschätzten, bei der viereinhalb Kilometer langen Überfahrt vom Wasser überrascht. Im Abstand von ein paar Hundert Metern standen *balises*, hölzerne Rettungstürme, auf denen man sich in Sicherheit bringen konnte, wenn das Wasser kam. Die Autos mussten natürlich unten bleiben und wurden vom Salzwasser schwer beschädigt.

Die Überfahrt über den Gois war auf jeden Fall spannend. Wir ließen die Fenster herunter und atmeten die frische Seeluft ein. Die freiliegenden Muschelbänke rochen nach verfaulten Algen, und das brackige Wasser, das überall in großen Lachen stand, hatte auch einen eigenartigen Geruch. Aber das gehörte einfach dazu. Ganze Familien wateten mit Eimern ausgerüstet durch den Schlick links und rechts der Straße und sammelten Muscheln und Krebse, die die Flut zurückgelassen hatte.

Nun war es nicht mehr weit. Auf der vierspurigen Straße fuhren wir bis nach Noirmoutier-en-l'Île, dem gleichnamigen Hauptort der Insel. Dort ging es vorbei an L'Épine nach L'Herbaudière, dem nördlichsten Ort der kleinen Insel. Wir befürchteten jedes Jahr, dass sich etwas verändert haben könnte, doch auch dieses Mal waren unsere Sorgen unbegründet. Fröhlich begrüßten wir den Wasserturm, an dessen Fuß wie in jedem Jahr Roma campierten, wir sahen die Felder, auf denen die typischen roten Kartoffeln der Insel wuchsen, die Töpferei, die alte Mühle, das Ortsschild und die weißen Ferienhäuser mit den vertrauten Namen wie »Stella Maris«, »Luciole« oder »Moulin Rouge«.

Vor der Auffahrt des Hauses in der Rue du Grand Mûrier, das wir seit Jahren jeden Sommer mieteten, hüpfte ich aus dem Wagen, um die Kette zu entfernen. Papa und Mama parkten die Autos neben dem weiß gekalkten Haus mit dem Dach aus rosafarbenen Ziegeln und den hellblauen Fensterläden. Wir stiegen aus, streckten und reckten uns nach der langen Fahrt und nahmen Grundstück und Umgebung in Augenschein, während Papa den Schlüssel fürs Haus holte. Unsere Freunde Couasnon aus Le Mans besaßen ein Haus in derselben Straße und hatten die Schlüssel am Vormittag beim Immobilienmakler Claude Vrignaud in Noirmoutier für uns abgeholt. Unter Mamas Regieanweisungen luden wir dann die beiden Autos aus und trugen das Gepäck zum Haus.

Das Ferienhaus hatte einen turmartigen Anbau mit einer Außentreppe, in dem sich zwei Schlafzimmer befanden. Hier wohnten wir Kinder. Unten gab es das Elternschlafzimmer, ein Wohnzimmer, die Küche, Bad und Klo.

Als Papa nach einer Viertelstunde mit den Schlüsseln zurückkam, nahmen wir das Haus mit großem Hallo in Besitz. Alles war so vertraut und unverändert wie in den letzten Jahren: das Fischernetz an den Wänden des Wohnzimmers mit den kitschigen bunten Kugellampen, das Pferdekummet mit Spiegel, die geschmacklose Stehlampe, die bunten Häkelkissen auf den Stühlen, das durchgesessene Sofa und das schmiedeeiserne Wappen der Region über dem offenen Kamin. Die schlimmsten Hässlichkeiten verstaute Mama für die nächsten vier Wochen in einer Holztruhe im Flur, nachdem sie eine lange Einkaufsliste geschrieben hatte. Im Urlaub übernahm Papa das Einkaufen und brach mit Flori zu seinem bevorzugten Supermarkt auf. Phil, Cathrin und ich schleppten unsere Sachen hoch in den Turm.

»Nur zu deiner Information«, warnte ich meinen Bruder, »Cathrin und ich schlafen diesmal im vorderen Zimmer. Ihr wart letztes Jahr hier drin.«

»Wer zuerst kommt ...« Phil schleuderte grinsend seine Tasche auf das Bett im begehrteren Zimmer und versuchte, uns die Tür zu verbauen.

»Los, raus hier!« Ich zerrte an seinem Arm. Es gab ein kurzes Gerangel, aber schließlich musste sich unser großer Bruder der weiblichen Übermacht geschlagen geben.

»Blöde Kühe«, murmelte er mürrisch und verzog sich.

Eigentlich war es ziemlich egal, wer in welchem Zimmer schlief, denn wir verbrachten ohnehin die wenigste Zeit hier oben.

Mama kam mit dem Bettzeug hoch, inspizierte kurz die Zimmer und das winzige Bad, dann bezogen wir unsere Betten. In jedem Zimmer stand ein breites französisches Bett. Cathrin und ich teilten uns das eine, Phil und Flori das andere Zimmer. Leider hatten die Seegrasmatratzen ihre besten Jahre lange hinter sich, sodass man unweigerlich in die Kuhle in der Mitte rutschte, aber das störte uns nicht.

Cathrin öffnete das Fenster. Zusammen mühten wir uns mit den rostigen Haken ab, bis wir die Schlagläden aufklappen konnten. Die frische Luft vertrieb den muffigen Geruch und wir genossen den vertrauten Blick über die sonnenverbrannten Salzsümpfe und Kartoffeläcker.

»Ich freue mich so auf den Strand und die Klippen!«, rief Cathrin und ließ sich rücklings auf das Bett fallen. »Vier Wochen – wie cool!«

Ich hatte meine schlechte Laune in Bad Soden zurückgelassen. Noirmoutier war einfach schön. Ich freute mich auch.

Papa und Flori kamen schwer bepackt vom Einkaufen zurück. Mama schlug vor, dass wir an den Strand gehen sollten, während sie das Abendessen vorbereitete. Begeistert rannten wir in unsere Zimmer und holten unsere Badesachen und Strandhandtücher. Papa kam natürlich auch mit. Es war sieben Uhr und der Strand leerte sich. Autos mit sonnenverbrannten Menschen, beladen mit Surfbrettern und Sonnenschirmen, kamen uns entgegen. Familien schleppten Kühltaschen, Schwimmtiere und Strandmatten. Wir schlugen den ersten Trampelpfad durch die Dünen ein. Irgendwann hatten wir diesen Weg den »Schneckenweg« getauft, weil es in einem Jahr dort besonders viele Schnecken gegeben hatte, die anderen Wege hatten auch familieninterne Spitznamen.

»Ich seh das Meer!«, schrie Flori, der vorgerannt war.

»Es riecht nach Meer und Sonne und trockenem Gras!« Cathrin schloss die Augen und breitete die Arme aus.

»Und nach Hundescheiße«, ergänzte Phil trocken, als sie in einen riesigen Haufen trat.

Wir lachten und Cathrin ärgerte sich.

»Das ist nicht mehr der Schneckenweg, sondern der Scheißweg!«, krähte Flori, und da lachte Cathrin auch.

Wenig später stürmten wir barfuß über den sonnenwarmen Sand die Dünen empor. Und dann lag er vor uns, herrlich und beinahe menschenleer – der wunderbare, unberührte Strand von Luzéronde, der sich in einem sanften, weiten Bogen bis zur Landspitze von L'Épine zog. Hier gab es keine Hotelburgen und Strandbars, keine Eisverkäufer und laute Jetskis, sondern nur Strand, Dünen und Meer. Im Innern der Bucht erhoben sich die Klippen aus dem Wasser, vor ihnen vertäut schaukelten ein paar Boote in der leichten Dünung. Ein Stück vor der Küste lag die kleine Leuchtturminsel Île du Pilier. Dahinter erstreckte sich der endlose Atlantik bis nach Amerika.

Papa, Phil, Cathrin und Flori rannten los und sprangen ins Wasser, sie kreischten und lachten vor Begeisterung. Ich hatte mir fest vorgenommen, in diesem Jahr jeden Tag zu schwimmen, wenn ich schon nicht reiten würde. Aber ich kam nicht sehr weit. Das Wasser war so kalt, dass ich die Luft anhielt.

»Komm rein, Lotte!«, rief Papa. »Wenn du erst mal drin bist, ist es herrlich!«

Das behauptete er immer, aber ich wusste aus Erfahrung, dass es nicht viel wärmer wurde.

»Feigling! Feigling!«, riefen Phil und Cathrin, die Wasserratten.

»Lotte ist wasserscheu!«, spottete mein kleiner Bruder.

Tja. Damit hatte er leider recht. Im Gegensatz zu meinen Geschwistern war ich wirklich alles andere als eine tolle Schwimmerin und mochte Meer, Badeseen und Freibäder lieber aus der Entfernung. Ich ekelte mich vor den Algen, auch wenn Papa immer wieder versicherte, Algen seien ein Zeichen für sauberes Wasser.

Irgendwann ließen sie mich in Ruhe und schwammen ein Stück hinaus. Ich machte es mir auf meinem Badehandtuch bequem und genoss den Ausblick über das Meer, den weiten, leeren Strand und die Sonne, die sich wie ein großer orangeroter Ball langsam dem Horizont näherte.

In diesem Moment tauchte oberhalb der Klippen eine Gruppe von Reitern auf. Ich setzte mich auf und beobachtete, wie sie ihre Pferde zwischen den Felsen hindurch an den Strand lenkten. Schlagartig war die Sehnsucht wieder da. Am langen Zügel schritten die sieben Pferde hintereinanderher. Anstandslos gingen sie in die sanft heranrollende Brandung. Das junge Mädchen auf dem ersten Pferd rief den anderen Reitern etwas zu, die daraufhin die Zügel kürzer fassten. Mit einem Anflug von Neid betrachtete ich die Braunen, Schecken und Füchse. Wie glücklich waren die Menschen, die auf ihrem Rücken saßen!

Zuerst trabten, dann galoppierten sie. Die Hufe der Pferde trommelten dumpf auf dem feuchten Sand, wenig später verschwanden sie schließlich als kleine Punkte hinter der Landzunge. Zurück blieben nur die Hufabdrücke, die die Flut später wegspülen würde. Ach, es musste wundervoll sein, abends am Meer entlangzugaloppieren! Weich und eben lag der Strand da, eine perfekte Rennbahn ohne Steine und Löcher. Die Möwen kreischten und die Brandung rauschte, und ich hätte mich darüber schwarzärgern können, dass ich so dumm gewesen war, meine Reitsachen zu Hause zu lassen.

ICH SCHNUPPERE PFERDELUFT

Die ersten beiden Tage auf Noirmoutier vergingen und ich dachte an nichts anderes als an Pferde. Zusammen mit Olivier, Hélène und Jerôme, den Kindern der Couasnons, verbrachten wir die Tage am Meer. Wir kannten uns von klein auf und sprachen alle genug Französisch beziehungsweise Deutsch, um uns problemlos verständigen zu können. Wir spielten am Strand Volleyball und Boule, schwammen, stritten und tobten und trafen uns abends nach dem Abendessen wieder, um in den Klippen herumzuklettern.

Olivier und Phil, die gleich alt waren, liehen sich Surfbretter und konnten bald recht passabel durch die Bucht surfen. Cathrin und Hélène spielten am Strand Canasta und steckten die Karten dabei in den Sand, damit sie nicht weggeweht wurden. Flori und Jerôme vertrieben sich die Zeit mit Burgenbauen. Papa, Mama, Jean-Paul und Josiane quatschten, lasen Zeitung, trafen sich mit anderen Freunden oder brieten in der Sonne, wenn sie nicht schwammen oder endlose Strandspaziergänge unternahmen. Nach zehn Sommern auf Noirmoutier kannten sie hier jeden und waren nachmittags oft zu den in Frankreich üblichen Aperitifs eingeladen, die sich bis spätabends hinzogen. So sah ihre Vorstellung vom idealen Urlaubstag aus.

Ich hingegen langweilte mich zu Tode. Insgeheim hielt ich dauernd nach Pferden Ausschau.

Am Morgen des dritten pferdelosen Tages saßen wir auf der Terrasse beim Frühstück, als ich Hufschläge vernahm. Auf dem Weg zum Strand kam wieder einmal eine Gruppe Reiter an unserem Haus vorbei. Ich seufzte abgrundtief und legte mein angebissenes Stück Baguette zurück auf den Teller.

»Was ist denn los?«, erkundigte Papa sich.

»Zu schade, dass ich meine Reitsachen nicht mitgenommen habe.« Sehnsüchtig blickte ich den Reitern nach, bis sie hinter der Wegbiegung verschwunden waren. In ein paar Minuten würden sie den Strand entlanggaloppieren, und ich saß hier mit nichts als einem Haufen Bücher!

»Tja.« Papa schlug die örtliche Tageszeitung auf. »Ohne Stiefel und Kappe kannst du leider nicht reiten.«

»Ach, Lotte«, unterbrach Mama meine trüben Gedanken, »geh doch bitte mal in die Abstellkammer und schau im Regal, ob wir noch Spülmittel haben. Ich muss die Einkaufsliste schreiben.«

Ich wunderte mich kurz, wie wir innerhalb von drei Tagen eine ganze Flasche Spülmittel verbraucht haben sollten, aber ich tat, worum sie mich gebeten hatte. Statt des Spülmittels fand ich aber etwas ganz anderes in der Abstellkammer: Ordentlich zusammengefaltet lag dort meine graue Reithose auf den Stiefeln, obenauf die Kappe. Mama hatte alles heimlich mitgenommen und ich hatte es nicht bemerkt!

Ich lief zurück zum Frühstückstisch.

»Oh, Mama, du bist ein Schatz!«, jubelte ich und fiel ihr um den Hals.

»Ich habe mir gedacht, dass du hier vielleicht wieder auf den Geschmack kommst«, sagte sie und zwinkerte mir zu. Und wirklich: Tausenddreihundert Kilometer vom Reitstall entfernt war die Trauer um Gento und die Enttäuschung über den verpassten Lehrgang beinahe verschwunden.

Nach dem Frühstück fuhr Papa mit mir zum Reiterhof, der hier »Club Hippique« genannt wurde. Er lag am Ortsrand von Noirmoutier-en-l'Île, das wusste ich noch vom letzten Jahr, als ich meine Eltern vergeblich angebettelt hatte, wenigstens ein Mal reiten zu dürfen.

Wir parkten vor einem flachen weißen Gebäude, an dem ein Schild mit der Aufschrift *»Bureau«* angebracht war. Die Einrichtung war schlicht und bestand aus einem klapprigen Blechschreibtisch, auf dem allerdings ein ziemlich moderner Computer stand, zwei Stühlen, einem verstaubten Radio und einem Automaten mit gekühlten Getränken, der leise vor sich hin surrte. An der Wand hing eine große, vergilbte Karte der Insel. Nach ein paar Minuten kam eine zierliche schwarzhaarige Frau in Reithosen durch den Paddock, hinter dem die Stallungen lagen. Mein Herz klopfte bis zum Hals.

»Bonjour«, begrüßte sie uns. »Ich bin Véronique Juneau. Mein Mann und ich leiten den Club.«

»Meine Tochter würde gerne bei Ihnen reiten«, sagte Papa in fließendem Französisch, nachdem er uns vorgestellt hatte.

»Kein Problem.« Véronique lächelte mir zu und setzte

sich hinter den Schreibtisch. Sie klappte den Laptop auf und wollte wissen, wie lange ich schon reite.

»Drei Jahre«, erwiderte ich. »Machen Sie auch Ausritte an den Strand von Luzéronde?«

Die junge Frau nickte. »Das sind dann die Zwei-Stunden-Ausritte. Morgens um acht und abends um sechs. Bei den Ein-Stunden-Ritten bleiben wir hier in der Gegend oder reiten in die Marais salants, die Salzsümpfe auf der anderen Seite der Straße.«

»Wir nehmen eine Zehnerkarte für die Zwei-Stunden-Ausritte«, sagte Papa zu meiner Freude.

Véronique zog ein Anmeldeformular aus der Schreibtischschublade, trug meinen Namen, den ich ihr buchstabierte, in das Formular ein, dazu die Handynummer meiner Eltern. Papa zückte seine Brieftasche und reichte ihr das Geld.

»*Merci.*« Véronique lächelte und steckte die Scheine in eine Geldkassette, dann wandte sie sich an mich. »Möchtest du die Pferde sehen?«

Ich nickte begeistert. Nichts lieber als das. Ich litt schon unter heftigen Entzugserscheinungen.

Papa und ich folgten der Reitlehrerin durch den großen Paddock, in dem zwei kleine Hindernisse standen. Im trockenen Gras sah man deutlich den Kreis, wo sie die Pferde longierten.

»Eigentlich haben wir einen Stall in der Nähe von Paris«, erklärte Véronique. »Aber im Sommer mieten wir gerne etwas am Meer, damit unsere Pferde sich erholen können.«

Die weiß getünchten Stallungen waren u-förmig gebaut,

in der Mitte befand sich ein großer, sandiger Platz. Alle Boxen hatten Türen, deren obere Hälften aufgeklappt waren, sodass die Pferde hinausgucken konnten. Ein schmaler Durchgang führte zum Misthaufen und einer Scheune, in der Heu und Stroh lagerten, außerdem gab es einen betonierten Waschplatz mit einem Schlauch. Ein älterer Mann, mit einem von Wind und Wetter zerfurchten Gesicht, war damit beschäftigt, eine leere Box auszumisten, und zwinkerte mir freundlich zu.

»Wir haben sieben Pferde für Touristen«, sagte Véronique in dem Moment, als die Gruppe Reiter, die ich beim Frühstück gesehen hatte, von ihrem Morgenritt zurückkam. »Dazu noch unsere Nachwuchspferde und die Rennpferde. Aber die werden nicht vermietet.«

Wenig später waren wir umringt von den Pferden und ihren Reitern. Papa brachte sich respektvoll am Rand des Hofes in Sicherheit, aber ich blieb stehen und sah einiges, was meine Vorfreude auf den ersten Ausritt ein wenig dämpfte. Keines der Pferde trug ein Martingal, einen Hilfszügel, so wie ich das von zu Hause gewöhnt war. Die Sättel sahen auch ganz anders aus: flach und ohne bequeme Kniepauschen. Aber als ich die drei Frauen und zwei Mädchen, die am Austritt teilgenommen hatten, etwas genauer musterte, schöpfte ich wieder Mut. Keine von ihnen trug Reithosen oder Stiefel, sie waren in Jeans und Turnschuhen geritten und machten nicht den Eindruck, erfahrene Reiterinnen zu sein. Die Pferde mussten also ziemlich brav sein.

Véroniques Mann Nicolas hatte den Ausritt geleitet. Er war groß und braun gebrannt und zündete sich eine Gauloise an, nachdem er die Zügel seines Pferdes dem älteren Mann in die Hand gedrückt und Papa und mich freundlich begrüßt hatte.

»Wie lange reitest du schon, Charlotte?«, erkundigte sich Nicolas, genau wie zuvor seine Frau.

»Drei Jahre«, wiederholte ich.

»Bist du auch schon im Gelände geritten oder nur in der Reithalle, wie das in Deutschland leider oft üblich ist?« Nicolas betrachtete mich und der Blick aus seinen blauen Augen machte mich verlegen.

»Nein, wir reiten auch auf dem Platz oder in den Wald«, piepste ich schüchtern und merkte, wie mir die Röte ins Gesicht stieg.

»Charlotte hat im letzten Jahr den Reiterpass bestanden und jetzt kann sie es kaum abwarten, am Strand entlangzugaloppieren«, erklärte Papa und ich fürchtete schon, er würde noch sagen, ich sei eine großartige Reiterin oder so etwas. Aber das tat er nicht und bald sprachen er und Nicolas Juneau über irgendein anderes Thema.

Zeit genug, mich etwas umzusehen. Die Reiterinnen hatten ihre Pferde Véronique und dem älteren Mann einfach so überlassen und die beiden mussten alle fünf Pferde alleine absatteln. Ich nahm Véronique bereitwillig die Zügel eines Braunen und eines hellen Fuchses ab und durfte den Fuchs dann in seine Box bringen. Er hieß Kébia. Die Namen aller Pferde waren mit Kreide an die Boxentüren geschrieben. Welch klangvolle exotische Namen sie alle hatten, verglichen mit den fantasielosen Namen der Schulpferde zu Hause! Da gab es einen großen Schimmel namens Ibis des

Landes, eine Fuchsstute hieß Hirondelle, ein knochiger Brauner Gosse d'Irlande. Caramel, Linotte, Jonquille, Le Zaza, Kébia, Erable, Brunette du Bois und Hélice. Der Schecke, der mir schon am ersten Tag am Strand aufgefallen war, hieß Lucky Luke. Vergessen war meine Sorge wegen der komischen Sättel.

»Also, dann bis heute Abend um halb sechs«, sagte Nicolas und grinste mir zu. Und plötzlich konnte ich es kaum noch erwarten, dass der Tag herumging.

Der erste Ritt am Strand

Um halb fünf radelte ich mit dem klapprigen Fahrrad, das in der Garage unseres Ferienhauses stand, die Landstraße entlang zum Club Hippique. Die Reitkappe baumelte an der Lenkstange und mir wurde ganz schön warm in Reithose und Stiefeln. Ich war gespannt, welches Pferd ich bei meinem allerersten Ausritt am Meer zugeteilt bekommen würde.

Eine Viertelstunde später stellte ich das Fahrrad vor dem Büro des Clubs ab. Véronique und ihr Mann Nicolas waren da. Sie tranken trotz der Hitze Kaffee und überlegten gerade, wer welches Pferd beim abendlichen Ausritt reiten sollte.

»Du kannst Caramel nehmen, Charlotte«, sagte Véronique, »er ist ganz brav.«

»Wenn du möchtest, kannst du ihn schon mal putzen«, fügte Nicolas freundlich hinzu. »Cécile wird dir zeigen, wo Putz- und Sattelzeug sind.«

»Wer ist Cécile?«, fragte ich.

»Du kannst sie nicht übersehen.« Nicolas grinste. »Sie hat eine halbe Eisenwarenhandlung im Gesicht.«

Ich kapierte nicht so ganz, was er gemeint hatte, aber wenig später verstand ich.

Cécile war eine junge Frau etwa Anfang zwanzig mit kurzen dunklen Haaren und knallengen Jeans. Sie wäre richtig hübsch gewesen, wären da nicht unzählige Piercings an Augenbrauen, Nase und Unterlippe gewesen. Ich schauderte schon bei dem Gedanken daran, wie weh es getan haben musste, die ganzen Dinger zu stechen. So etwas wäre mir im Traum nicht eingefallen!

»*Salut*«, begrüßte sie mich Kaugummi kauend. »Wen sollst du reiten?«

»Caramel«, antwortete ich.

»Okay.« Sie ging mit mir zur Sattelkammer, zeigte mir Sattel und Trense von Caramel und deutete auf eine Kiste, in der das Putzzeug in heillosem Durcheinander lag.

Ich suchte mir einen Striegel, eine Wurzelbürste und eine halbwegs saubere Kardätsche heraus und war froh, nicht untätig warten zu müssen, denn ich war furchtbar aufgeregt. Jahrelang hatte ich darum gebettelt, auf Noirmoutier reiten zu dürfen, nun war es endlich so weit! Den ganzen Nachmittag hatte ich Angst gehabt, ich würde einen Sonnenstich oder Durchfall oder irgendetwas anderes bekommen, das mich am Reiten hindern könnte. Auf einmal dachte ich an Dorothee. Vergessen war mein Verdacht, sie habe sich heimlich über Gentos Verkauf gefreut. Und auch den Reitabzeichenlehrgang hatte ich ihr längst verziehen. Schade, dass sie nicht hier war! Mit ihr zusammen wäre es noch viel lustiger!

Caramel war ein mittelgroßer heller Fuchswallach mit einer flachsblonden Mähne und den gutmütigsten Augen der Welt. Sofort war er mein Lieblingspferd. Ich putzte und sattelte ihn in der Box. Um Viertel vor sechs versammelten sich alle Teilnehmer des Ausritts im Hof vor den Stallungen. Außer mir sollten noch zwei junge Frauen, ein Mann und seine rothaarige Freundin in Chinos und Mokassins mitreiten. Die beiden konnten nicht einmal ihre Pferde selbst satteln.

»Charlotte.« Véronique kam zu mir herüber. »Würde es dir etwas ausmachen, Brunette zu reiten? Ich glaube, es ist besser, wenn die Dame Caramel reitet.«

Sie nickte mit dem Kopf unauffällig in Richtung der rothaarigen Mokassinträgerin. Ich schluckte. Brunette sah ein ganzes Stück temperamentvoller aus als der brave Caramel.

»Okay.« Ich zuckte mit den Schultern und reichte der Rothaarigen die Zügel meines Pferdes. Die braune Brunette legte die Ohren an und knirschte ärgerlich mit den Zähnen, als Cécile nun den Sattelgurt festzog.

»Sie ist manchmal ein bisschen stur im Maul«, erklärte Cécile mir. »Und sie galoppiert sehr gerne. Immerhin ist sie ja ein Vollblut. Aber sonst ist sie okay.«

Die Stute erinnerte mich auf eine unangenehme Weise an Hanko, das Schulpferd aus dem Reitstall, das ich am wenigsten mochte. Auf einmal hatte ich Angst, doch die anderen Reiter saßen schon im Sattel und warteten nur noch auf mich. Ich konnte Véronique unmöglich jetzt noch um ein anderes Pferd bitten. Alle würden mich für einen Feigling halten!

»Allez hopp!«, rief Nicolas gut gelaunt, und ich schwang mich mit einem stillen Stoßgebet in den Sattel von Brunette. Die Stute machte einen Satz zur Seite, bevor ich den rechten Fuß in den Steigbügel stecken konnte, und ich ver-

lor beinahe das Gleichgewicht. Hoffentlich war das kein schlechtes Omen!

Wir ritten hintereinanderher durch die Wohnsiedlung. Die Hufe der Pferde klapperten auf dem Asphalt, doch die Leute, die in ihren Gärten oder auf den Terrassen ihrer Häuschen saßen, nahmen keine Notiz von uns, sie waren es gewohnt, dass täglich mehrfach Pferde vorbeikamen.

Beim Wasserturm überquerten wir die Landstraße und ritten an der *chèvrerie* vorbei. Dutzende von Ziegen knabberten hinter einem anderthalb Meter hohen rostigen Maschendraht an dem trockenen, salzigen Gras. Direkt hinter den lang gestreckten flachen Gebäuden, in denen aus der Milch der Ziegen der landestypische Ziegenkäse hergestellt wurde, begannen die Marais salants. Die Salzsümpfe bedeckten einen Großteil der Insel, denn die kargen Böden eigneten sich nicht für die Landwirtschaft. Im Frühjahr wurde durch die vielen Kanäle Meerwasser in die flachen Becken geleitet. Im Laufe des Sommers ließ die Sonne das Wasser verdunsten, zurück blieb das grobkörnige Salz, das kunstvoll zu großen Haufen aufgeschichtet und in Tüten abgefüllt wurde, um als begehrtes »Fleur de Sel« in die ganze Welt zu gelangen.

»Wir traben an!«, rief Véronique plötzlich.

Siedend heiß fiel mir ein, dass ich noch nicht nachgegurtet hatte! »*Un instant!*«, rief ich und bemühte mich verzweifelt, den Gurt enger zu ziehen. Brunette tänzelte. Immer wieder glitten mir die Gurtstrippen durch die schweißnassen Finger. Ich benahm mich wirklich wie ein blutiger Anfänger.

»Soll ich dir helfen?« Nicolas lenkte sein Pferd neben meine Stute.

»Danke, es geht schon«, erwiderte ich mit hochrotem Kopf und nahm die Zügel auf. Nun ging es los im Trab. Der Sattel war sehr ungewohnt. Die Sitzfläche fühlte sich bretthart an und wie ich befürchtet hatte, gab es keine Kniepauschen, die etwas mehr Halt gegeben hätten. Wir trabten die schmalen Wege zwischen den ausgetrockneten Salzbecken entlang. Die Pferde wirbelten mit ihren Hufen den Staub auf. Hier und da döste eine Kuh oder ein altes Pferd auf einer sonnenverbrannten Wiese zwischen den Gräben. Sie standen den ganzen Tag in der prallen Sonne und zu fressen gab es nichts. Das war kein beneidenswertes Leben.

Nach ein paar Minuten fasste ich ein wenig mehr Vertrauen zu der braunen Stute, die brav hinter Caramel hertrabte. Die Rothaarige konnte nicht einmal vernünftig leichttraben und hüpfte kichernd auf dem Rücken des armen Caramel herum. Sie verlor einen Steigbügel, dann einen ihrer Mokassins und rutschte bei jedem Trabtritt etwas weiter zur Seite.

»Anhalten! Anhalten!«, rief sie, aber da war es schon zu spät. Bevor Véronique durchparieren konnte, plumpste die Rothaarige unsanft auf den Boden. Die ganze Abteilung hielt an, Nicolas saß von seinem Pferd ab und reichte Véronique die Zügel. Er las den verlorenen Schuh auf und half der Rothaarigen in den Sattel. Wieso gestattete er ihr überhaupt, in einer solchen Kleidung einen Ausritt mitzumachen?

»Mein Hintern tut weh!«, jammerte die Rothaarige nun. »Ich hab gedacht, dass Reiten viel einfacher ist!«

Ihr Begleiter, der sich recht wacker im Sattel hielt, rollte mit den Augen, die beiden jungen Frauen wechselten belustigte Blicke. Ich hielt mich zurück. Um ein Haar wäre ich ja auch schon beim Aufsitzen wieder runtergefallen.

Nicolas und Véronique berieten sich kurz und entschieden schließlich, dass Véronique mit dem Mann und seiner Freundin wieder zurück zum Club reiten sollte, während Nicolas den Ausritt mit den beiden jungen Frauen und mir fortsetzte.

Gott sei Dank! Ich hatte angesichts der Reitkünste der Frau schon um meinen ersten Galopp am Meer gefürchtet.

Kurz vor sieben erreichten wir ohne weitere Zwischenfälle die Klippen. Ich erinnerte mich daran, wie oft ich als Kind hier entlanggelaufen war und geträumt hatte, ich säße auf einem Pferd. Und jetzt war es wirklich so.

Wir durchquerten ein kleines Pinienwäldchen, dann lag das Meer blau schimmernd und spiegelglatt vor uns. Eine leichte Brise wehte. In den Salzsümpfen gab es viele Mücken, aber hier war die Luft frisch und klar. Um Punkt sieben Uhr ritten wir an den Strand. Fast auf der Hinterhand sitzend rutschten die Pferde die schmalen Wege zwischen den glatten Felsen hinunter. Urplötzlich erschrak Brunette, drehte sich um und stürmte zurück in die Dünen. Das war so schnell gegangen, dass ich den Grund für ihr Erschrecken gar nicht bemerkt hatte, doch nun sah ich das flatternde rote Segel eines Windsurfbretts, das an einem der Felsen lehnte. Schließlich gelang es mir, die Stute wieder anzuhalten, aber ich zitterte am ganzen Körper, kaum weniger erschrocken als Brunette.

Ich war so froh gewesen, diesen halsbrecherischen, steilen Pfad hinter mir zu haben, jetzt musste ich ein zweites Mal mit dem Pferd dort hinunter! Und Brunette hatte es nun ziemlich eilig, wieder zu ihren Pferdefreunden zu kommen. Hier und da schimmerte der blanke Fels durch den Sand. Wie schnell konnte die Stute mit ihren Hufeisen auf den Felsen ausrutschen und stürzen! Ich sah mich schon unter dem schweren Körper des Pferdes liegen, das hilflos mit den Beinen in der Luft zappelte, und mir brach der Angstschweiß aus. Gab es keinen anderen Weg runter an den Strand? Brunette wieherte wild, schlug mit dem Kopf und zerrte heftig am Zügel.

»Herrje, du dumme Kuh«, murmelte ich mit zusammengebissenen Zähnen, und damit meinte ich eher mich als mein Pferd. »Jetzt stell dich nicht so blöd an.«

»Ganz ruhig, Charlotte!«, rief Nicolas vom Strand aus. »Soll ich kommen und dir helfen?«

»Nein, das schaffe ich schon«, hörte ich mich sagen und nahm allen Mut zusammen. Energisch fasste ich die Zügel kürzer und lenkte die Stute den Pfad hinunter. Tatsächlich ging es doch einfacher, als ich gedacht hatte. Endlich unten am Strand atmete ich vor Erleichterung tief durch.

Das Wasser war schon wieder gesunken, der höchste Punkt der Flut bereits überschritten. Ein schmaler Streifen feuchten Sandes erstreckte sich über die ganze Länge des Strandes: eine ideale Rennbahn!

»Wir galoppieren hintereinanderher!«, rief Nicolas uns zu. »Niemand überholt mich, verstanden?«

Wir nickten und fassten die Zügel kürzer.

»Fertig? Dann los!«

Ich glaubte, ich hätte den abenteuerlichsten Moment des Ausritts schon hinter mir, doch ich sollte mich geirrt haben, denn Brunette galoppierte nicht an, sie schoss los wie von einem Katapult abgefeuert. Sie legte sich mächtig aufs Gebiss, und ehe ich begriff, war ich neben Nicolas.

»He!« Er grinste. »Du sollst doch hinter mir bleiben!«

»Ich versuch's ja!«, schrie ich und zerrte hilflos an den Zügeln. Genauso gut hätte ich versuchen können, einen fahrenden Güterzug mit bloßer Hand zu stoppen. Brunette reagierte nicht, im Gegenteil: Sie wurde immer schneller.

»Dann lass sie laufen!«, rief Nicolas. »Aber fall nicht runter!«

Am Ende meiner Kräfte ließ ich die Zügel lockerer und die Stute beschleunigte so gewaltig, dass es mir den Atem verschlug. Ich ging in den leichten Sitz, duckte mich über den Hals und krallte die Finger in die Mähne. Nie im Leben hätte ich gedacht, dass ein Pferd so unglaublich schnell galoppieren konnte! Ich hatte das grandiose Gefühl, die Stute würde unter mir fliegen.

Der Strand war mir immer endlos lang erschienen, aber nun stellte ich erschrocken fest, dass ich in wenigen Sekunden bereits die Landzunge erreicht hatte. Meine Versuche, Brunette durchzuparieren, ignorierte die Stute unhöflicherweise.

»Halt an, du Mistvieh!«, schrie ich und riss am linken Zügel.

Ich lehnte mich zurück und gab ein paar wirklich harte Paraden. Endlich verlangsamte die Stute das Tempo und fiel schließlich in Trab. Ein Blick über die Schulter zeigte mir, wie weit Nicolas und die beiden jungen Frauen hinter uns zurückgeblieben waren. Brunette schnaubte ein paarmal. Erleichtert klopfte ich der Stute den feuchten Hals und spürte, wie das Zittern in meinem Innern allmählich nachließ.

»Und? Alles in Ordnung?«, rief mir Nicolas mit einer Mischung aus Belustigung und Besorgnis zu.

»Ja!« Ich war noch völlig außer Atem, aber dann begann ich zu lachen. Es war herrlich gewesen, ein unvergleichliches Gefühl – fast wie in einer Achterbahn.

Nicolas lenkte sein Pferd neben meines. »Das hast du gut gemacht«, lobte er mich zu meiner Überraschung. »Brunette ist zwar schon zwölf und eigentlich eine ganz Brave, aber manchmal erinnert sie sich wohl noch an ihre vergangenen großen Zeiten auf der Rennbahn.«

»Sie ist ganz schön schnell«, stimmte ich zu. »So bin ich noch nie galoppiert!«

Vor uns lag schon der nächste Strand.

»Wollen wir noch mal galoppieren?«, fragte Nicolas.

»Na klar!«, riefen wir.

Brunette hatte offensichtlich genug Dampf abgelassen und ließ sich diesmal anstandslos hinter Nicolas' Pferd halten. Ich blickte auf die untergehende Sonne über dem glitzernden, endlosen Meer, genoss den lauen Wind in meinem Gesicht und fand, ich sei das glücklichste Mädchen auf der ganzen Welt.

Ein neues Pferd

Morgens beim Frühstück konnte ich es kaum erwarten, mich wieder auf das klapprige Fahrrad zu schwingen, um in den Club zu fahren. Meine Geschwister spotteten zwar, dass ich kein bisschen braun werden würde, wenn ich den ganzen Tag nur in irgendwelchen Pferdeställen herumkriechen würde, aber ich war gegen ihren Spott längst immun. Wie konnte ich faul am Strand herumliegen, wenn es in der Nähe Pferde gab? Papa und Mama zuckten mit den Schultern und meinten, ich wüsste ja den Weg zum Strand, wenn im Club alle Pferde geputzt und alle Boxen ausgemistet seien. Es war halb zehn, als ich mein Fahrrad atemlos vor dem Büro abstellte.

»Hallo, Charlotte!«, rief Véronique erstaunt, als sie mich erblickte. »Wolltest du heute Morgen reiten?«

»Nein, nein.« Ich war aufgeregt und es war mir irgendwie unangenehm. Hoffentlich glaubten sie nicht, ich wollte mich ihnen aufdrängen.

»Ich dachte, ich könnte hier vielleicht irgendetwas helfen«, sagte ich verlegen. »Es ist todlangweilig, den ganzen Tag am Strand herumzusitzen.«

»Hilfe können wir immer gebrauchen.« Véronique lächelte. »Aber eigentlich bist du doch im Urlaub hier.«

»Für mich sind Pferde mehr Urlaub als alles andere«, versicherte ich ihr.

Die Reitlehrerin lachte. »Na, dann komm mit«, sagte sie. »Gestern am späten Abend haben wir ein neues Pferd bekommen. Das wollen wir uns mal ansehen.«

Überglücklich und mit klopfendem Herzen folgte ich ihr durch den Paddock zum Stall. Cécile und Nicolas warteten bereits vor den Stallungen, außerdem ein Mädchen und ein Junge, die etwa in meinem Alter waren.

»Ich bringe noch eine freiwillige Helferin mit«, sagte Véronique.

»*Salut,* Charlotte«, begrüßte Nicolas mich freundlich. »Du möchtest deine Ferien also lieber hier als am Strand verbringen?«

»Hm, ja.« Ich wurde rot.

Der Junge musterte mich herablassend von Kopf bis Fuß. »Schön blöd.« Er blies sich eine Haarsträhne aus dem Gesicht und wandte sich gelangweilt wieder ab. Das dunkle Haar fiel ihm immer wieder in die Augen, die so blau waren wie die von Nicolas. War das etwa der Sohn von Nicolas und Véronique? Er sah ziemlich gut aus und schien das leider nur allzu genau zu wissen.

»Du machst hier doch sowieso keinen Finger krumm«, sagte das Mädchen zu ihm, dann grinste sie mir zu. »Ich bin Sophie und das ist mein Bruder Thierry.«

»Mein Neffe und meine Nichte«, ergänzte Nicolas und ergriff ein Halfter. »Lasst uns nach dem neuen Pferd schauen.«

»Da bin ich ja mal gespannt«, sagte Sophie. »Ich hab es gestern Abend nur kurz beim Abladen gesehen.«

Sophie war zierlich und hübsch. Sie hatte glatte dunkle Haare und braune Augen und trug ein gelbes Top und Shorts, keine besonders praktische Kleidung für einen Pferdestall.

Nicolas ging zu einer der Boxen und redete mit dem Pferd, das darin untergebracht war. Nach einer Weile öffnete er die Tür. Sekunden später hörten wir ihn fluchen, dann schoss auch schon ein braunes Pferd wie ein Pfeil aus der Box und galoppierte direkt auf uns zu. Thierry sprang ihm in den Weg und wedelte mit den Armen, doch das Pferd hielt unbeirrt auf ihn zu.

»*Merde!*«, schrie der Junge und brachte sich mit einem Satz hinter ein paar Strohballen in Sicherheit.

Ich stand wie angewurzelt da und starrte das Pferd sprachlos an. Gento! Doch bei genauerem Hinsehen erkannte ich, dass es nur die Farbe mit meinem Gento gemeinsam hatte. Es rollte wild mit den Augen, die Ohren waren flach angelegt. Das Pferd sah richtig gefährlich aus. Voller Panik galoppierte es im Hof herum, bis es das offen stehende Tor des Paddocks entdeckte und hineinstürmte. Es wieherte und trabte aufgeregt an der gegenüberliegenden Seite des Zaunes auf und ab.

Véronique schloss rasch das Gatter und wandte sich Nicolas zu, der mit schmerzverzerrtem Gesicht aus der Box kam.

»So ein Teufel!« Er rieb sich den Arm. »Er hat nach mir geschnappt, als ich ihm das Halfter anlegen wollte.«

»Seltsam. Gestern kam er mir ganz friedlich vor.« Véronique schien ratlos.

Nicolas trat an den Zaun des Paddocks und betrachtete das Pferd. »Es muss ja einen Grund geben, weshalb wir ihn so billig bekommen haben«, sagte er nachdenklich. »Wahrscheinlich hatten sie ihm eine Beruhigungsspritze gegeben.«

Das Pferd hatte sich etwas beruhigt. Es war stehen geblieben und wandte uns sein Hinterteil zu. Doch mit einem Auge beobachtete es uns aufmerksam. Alle Muskeln waren angespannt, es war jederzeit bereit zur Flucht oder zum Angriff.

»Wie heißt er?«, fragte ich Nicolas.

»Laut Papieren heißt er Diabolo du Manoir.« Der Reitlehrer zündete sich eine Zigarette an. »Aber der Name gefällt mir nicht.«

»Dabei passt er«, bemerkte Thierry. »Das ist doch ein Teufel, du hast es eben selbst gesagt.«

»Unsinn«, widersprach sein Onkel. »Das Pferd ist sechs Jahre alt und nicht bösartig, sondern nur durcheinander. Als ich ihn im Juni bei einem Bekannten im Stall gesehen habe, hat er mir gleich gefallen. Er hat eine großartige Abstammung: Sein Vater ist Quidam de Revel, sein Muttervater Grand Veneur.«

Thierry pfiff anerkennend durch die Zähne.

»Dann muss ja irgendwas mit ihm nicht stimmen. Sonst hättest du ihn nie bekommen.«

»Vielleicht hat man ihn geschlagen oder schlecht behandelt«, überlegte Sophie laut und legte die Arme auf die oberste Latte des Zaunes. »Er hat Angst vor uns.«

Ich mochte das braune Pferd auf Anhieb. Es hatte das gleiche kastanienbraune Fell wie Gento, die schwarzen, schlanken Beine und den gleichen prächtigen schwarzen Schweif. Allerdings war es recht mager und ungepflegt, die Mähne war viel zu lang und fiel auf beide Seiten des Halses. Über den großen dunklen Augen zeigte sich ein schmaler weißer Rand.

»Was wirst du tun, Onkel Nicolas?«, erkundigte sich Thierry und kam hinter den Strohballen hervor. »Sollen wir es in den Stall treiben?«

Nicolas schüttelte den Kopf. »Wir lassen ihn in Ruhe. Vielleicht lässt er sich ja einfangen, wenn er merkt, dass ihm niemand etwas tut.«

Aber das braune Pferd ließ sich nicht anfassen und schon gar nicht einfangen. Jedes Mal, wenn jemand in seine Nähe kam, geriet es in Panik. Schließlich gab Nicolas auf, weil er befürchtete, der Braune könne in seiner Angst versuchen, über den ein Meter fünfzig hohen Holzzaun zu springen.

»Dabei würde er sich die Beine brechen«, sagte er. »Kommt, es gibt genug anderes zu tun.«

Nachdem Nicolas beschlossen hatte, das verstörte Pferd vorerst allein zu lassen, damit es sich beruhigte, ritten er und Véronique mit einer Gruppe davon. Ich wollte mich nützlich machen und putzte gemeinsam mit Sophie und Cécile Berge von schmutzigem Sattelzeug. Dabei saßen wir in der Sonne und ich erfuhr, dass der Vater von Sophie und Thierry Galopprennpferde trainierte und einen Rennstall am Bois de Boulogne in der Nähe von Paris unterhielt.

Mittags unternahm Véronique einen weiteren Ausritt mit vier Touristinnen. Da sie nicht durch den Paddock reiten konnten, nahmen sie den Weg entlang der Kartoffeläcker an der Rückseite des Stalles. Sophie und Thierry fuhren mit dem Moped zum Plage des Dames, einem Strand bei Noirmoutier-en-l'Île. Dort hatten sie sich mit ein paar Freunden verabredet. Sophie hatte mich gefragt, ob ich Lust hätte mitzukommen, aber ich hatte dankend abgelehnt. Mit ihr alleine wäre ich vielleicht gefahren, doch auf die Gesellschaft ihres arroganten Bruders konnte ich verzichten. Mein älterer Bruder zu Hause reichte mir.

Cécile hatte in der Küche neben dem Büro den Tisch gedeckt. Als Véronique vom Ausritt zurückkehrte und wir die Pferde versorgt hatten, gab es Mittagessen. Ich wollte gerade mein Fahrrad nehmen und nach Hause fahren, als mich Nicolas zurückhielt.

»Cécile hat für dich mitgedeckt«, sagte er. »Wer bei uns arbeitet, muss auch mit uns essen.«

Dabei grinste er und zwinkerte mir zu.

Ich wurde vor Freude rot, wie immer, denn eigentlich war ich hinter meiner großen Klappe ziemlich schüchtern.

Wir aßen Ratatouille mit Salat und Baguette dazu, anschließend gab es Käse. Ich war erstaunt, als Véronique erzählte, sie seien das erste Mal auf Noirmoutier. Normalerweise verbrachten sie den Sommer in der Normandie, aber dort hatten sie in diesem Jahr keinen Stall mehr pachten können. Eher aus Zufall waren sie hier gelandet und die Ausritte mit den Touristen brachten gerade so viel Geld ein, dass sie ihre Kosten deckten. Nicolas und Véronique waren ziemlich überrascht, dass ich schon zum zehnten Mal auf Noirmoutier war und die Insel weitaus besser kannte als sie selbst.

Um drei Uhr kamen wieder Reiter. Ich putzte und sattelte den großen Gosse d'Irlande und Lucky Luke, den Schecken. Als Véronique mit den sechs Reitern aufgebrochen war, nahm ich mir eine Schubkarre und begann die Boxen auszumisten. Ich malte mir in Gedanken aus, wie schön es sein musste, einen eigenen Stall und Pferde zu besitzen. Den ganzen Tag mit Pferden arbeiten, keine Schule mehr, keine Hausaufgaben …

»He, *petite*.« Der kleine, etwa fünfzigjährige Mann, den ich gestern schon gesehen hatte, stand plötzlich vor der Tür von Jonquilles Box. »Du machst das richtig gut.«

»Äh … danke«, stotterte ich verwirrt und wischte mir mit dem Unterarm den Schweiß von der Stirn.

»Ich bin Rémy«, stellte sich der Mann vor. »Und wer bist du?«

»Charlotte«, erwiderte ich. »Ich bin mit meiner Familie im Urlaub auf Noirmoutier. Wir kommen aus Deutschland.«

»Aha, Urlaub.« Der Mann grinste breit. »Und warum mistest du dann Pferdeställe aus?«

»Weil es mir mehr Spaß macht, als am Strand zu sein«, entgegnete ich.

»He, Nicolas!« Rémy wandte sich an den Reitlehrer, der gerade auf den Stall zukam. »Die Kleine hier ist richtig verrückt. Mistet im Urlaub lieber Pferdeboxen aus, statt am Strand zu liegen! So was!«

»Aber das musst du doch nicht machen, Charlotte«, sagte Nicolas.

»Ich mach's aber gern.« Energisch warf ich eine Gabel mit

nassem Mist in die Schubkarre. Im Reitstall daheim hatte ich Gentos Box oft selbst ausgemistet. Nicolas und Véronique schienen es hingegen mit dem Misten nicht so genau zu nehmen, denn die Pferde standen ganz schön im Dreck.

»Deutsche Gründlichkeit«, amüsierte sich Rémy. »Du wirst sehen, Nicolas, bald ist der Schuppen hier ein Musterstall.«

Nach der sechsten Box waren meine Arme und mein Rücken lahm und an den Händen hatte ich dicke Blasen. Ich konnte kaum noch die schwere Karre mit dem nassen Mist zum Misthaufen schieben. Immer wieder schaute ich zu dem braunen Pferd hinüber, das am sonnenverbrannten, platt getretenen Gras im Paddock knabberte und mit dem Schweif die aufdringlichen Fliegen verscheuchte.

Nicolas setzte sich in den verstaubten Renault und fuhr weg, Cécile döste in einem Sonnenstuhl vor sich hin. Rémy nahm mir schließlich die Mistgabel aus der Hand und mistete die restlichen Boxen selber aus. Ich half ihm, frisches Stroh einzustreuen, und kehrte den Hof.

Dabei wanderte mein Blick wieder zu dem Braunen hinüber. Er musste Durst haben bei dieser sengenden Hitze. Ich nahm einen leeren Eimer, ließ ihn am Wasserhahn volllaufen und schleppte ihn zum Paddock. Der braune Wallach warf den Kopf hoch und zog sich in die hinterste Ecke zurück. Ich kletterte durch die Stangen des Zauns und stellte den Eimer auf den Boden. Dann zog ich mich zurück, setzte mich ins Gras, den Rücken an einen sonnenwarmen Holzpfosten gelehnt, und beobachtete das Pferd. Nach ein paar Minuten schien es sich etwas zu entspannen und begann wieder, am Gras zu knabbern. Ich schloss die Augen und merkte, wie erschöpft ich war. Die Grillen zirpten, ab und zu schnaubte im Stall eines der Pferde und manchmal hörte ich Rémys halblaute Stimme.

Ich musste eingedöst sein, denn als ich die Augen wieder öffnete, stand der braune Wallach keine drei Meter von mir entfernt am Eimer und trank. Seine Ohren zuckten nervös vor und zurück und alle Muskeln waren angespannt. Er erinnerte mich an eine Gazelle in der afrikanischen Steppe, die befürchten muss, jederzeit von einem Leoparden oder einem Löwen angegriffen zu werden.

»Hallo, Brauner«, sagte ich mit leiser Stimme zu dem Pferd, ohne mich zu bewegen.

Das Pferd hob die Nase aus dem Eimer und sah mich an.

»Wovor hast du denn so eine Angst?«, fragte ich.

Das Wasser tropfte von seinem Maul und das Pferd betrachtete mich abschätzend mit aufmerksam gespitzten Ohren.

»Keiner will dir was tun«, fuhr ich fort. »Weißt du, dass du meinem Gento ziemlich ähnlich siehst, hm?«

Der Braune schüttelte den Kopf, um die aufdringlichen Fliegen, die an seinen Augen saßen, zu verscheuchen, und scharrte mit dem Vorderhuf. Auf der Oberlippe hatte er einen kleinen weißen Fleck. Aus der Nähe erkannte ich, dass sein Fell struppig war. Auch seine Hufe sahen ungepflegt aus, er brauchte dringend neue Eisen. Dort, wo es herkam, war es dem Pferd offenbar nicht besonders gut gegangen. Kein Wunder, dass es Angst hatte und auf menschliche Gesellschaft keinen großen Wert legte.

Ich redete und redete lauter unsinnige Sachen und das Pferd stand da und hörte mir zu.

»Charlotte?«, hörte ich Nicolas rufen.

Ich wollte das Pferd nicht erschrecken, indem ich aufsprang oder laut zurückrief.

»Ich bin hier«, sagte ich also halblaut, und Nicolas erblickte mich.

»Dein Vater hat eben angerufen. Du sollst nicht vergessen, vor Einbruch der Dunkelheit nach Hause zu kommen.« Der Reitlehrer blieb in einiger Entfernung stehen. »Wie lange sitzt du schon so da?«

»Eine Stunde vielleicht.« Ich stand langsam auf. Meine Beine waren ganz steif.

Der braune Wallach hob den Kopf, doch er blieb stehen. Ich bückte mich, um aus dem Paddock zu klettern. Als ich mich umblickte, stand er noch immer neben dem Wassereimer und guckte hinter mir her.

»Sehr gut gemacht«, lobte mich Nicolas. »Ich glaube, er muss nur einfach das Vertrauen zu uns Menschen zurückgewinnen. Wir werden ihn heute Nacht draußen lassen und morgen versuchst du wieder, ihm etwas näher zu kommen. Ich glaube, du hast genug Geduld dazu.«

»Oh ja.« Ich war erfreut und aufgeregt.

»Du stellst ihm jetzt noch eine Schüssel mit Hafer hin und dann fährst du nach Hause.« Nicolas ging mit mir zur Futterkammer. »Sonst lassen dich deine Eltern morgen nicht mehr herkommen.«

Ich grinste und nahm die Schüssel, die Nicolas randvoll mit Hafer gefüllt hatte.

»Morgen früh bin ich um acht Uhr hier und füttere ihn«, versprach ich eifrig.

»Neun Uhr reicht auch.« Nicolas lachte. »Du warst heute wirklich eine große Hilfe. Vielen Dank.«

»Es macht mir Spaß«, versicherte ich ihm. »Dann bis morgen.«

Ich näherte mich langsam dem Paddock. Der Braune lief nicht weg, als er mich kommen sah. Er machte nur ein paar Schritte rückwärts und wartete ab. Ich sprach leise mit ihm, während ich die Schüssel mit dem Hafer neben den Wassereimer stellte. Dann trat ich zurück an den Zaun. Das Pferd hatte Hunger. Das trockene, zertretene Gras schmeckte nicht, und seit dem frühen Morgen hatte es nichts mehr gefressen. Der verlockende Duft des Hafers drang in seine Nüstern. Es schlug unwillig mit dem Kopf und scharrte mit den Vorderhufen. Geh doch da weg, ich will endlich fressen!, sollte das wohl heißen.

»Komm doch her«, lockte ich ihn. »Ich tue dir nichts. Na, komm schon.«

Fünf Minuten kämpfte das Pferd mit sich selbst, dann siegten der Hunger und die Gier nach dem Hafer. Zuerst schnappte es sich nur ein Maul voll, wich dann zurück und kaute fünf Meter entfernt, aber schließlich blieb es zu meiner Freude an der Schüssel stehen und fraß sie leer.

»So bist du brav«, lobte ich. »Morgen früh komme ich wieder und füttere dich. Und wenn du dich erst von mir anfassen lässt, dann werde ich dein Fell so schön putzen, dass alle anderen Pferde vor Neid erblassen.«

Auf dem Rückweg nach L'Herbaudière hätte ich vor

Glück und Freude singen können. Nicolas wollte, dass ich morgen wiederkam, und das geheimnisvolle braune Pferd schien mir mehr und mehr zu vertrauen. Schon jetzt waren dies zweifellos die tollsten Sommerferien, die ich jemals gehabt hatte!

Vertrauen und Angst

Papa hatte mir vom Supermarkt Möhren und Äpfel mitgebracht. Beim Abendessen erzählte ich voller Begeisterung von meinen Erlebnissen im Club.

»Wie dämlich du bist.« Phil schüttelte verächtlich den Kopf. »Du lässt dich genauso ausnutzen wie im Reitstall zu Hause.«

»Und du hast heute echt was verpasst, Lotte!«, fügte Cathrin eifrig hinzu. »Wir haben heute mit den Kindern von Decrés ein Beachvolleyballturnier gemacht.«

»Ich hasse Volleyball«, erwiderte ich und warf meinem großen Bruder einen erbosten Blick zu. »Und ich werde nicht ausgenutzt. Aber du solltest den Neffen von Nicolas und Véronique kennenlernen. Der ist genauso blöd wie du und hängt am liebsten am Strand rum.«

»Was ist denn daran bitte blöd?«, fuhr Phil auf. »Den ganzen Tag in der Pferdescheiße wühlen, das ist blöd.«

»Genau«, pflichtete Cathrin ihm bei. Ich versetzte ihr einen Stoß mit dem Ellbogen.

»Ey, du doofe Kuh! Jetzt krieg ich einen blauen Fleck!«, kreischte sie wütend und trat mich unter dem Tisch.

»Weichei«, zischte ich.

»Ruhe!«, sagte Papa nachdrücklich. »Es sind Ferien. Und

jeder kann das tun, was ihm Spaß macht, solange es niemanden stört. Wenn Lotte im Stall sein will, dann soll sie das.«

»Ihr solltet nur mal hören, wie gut ich Französisch spreche«, sagte ich zu meinen Eltern. »In der Schule werden sie sich wundern.«

»Da werden sie dich kaum Pferdevokabeln abfragen«, mischte sich Phil ein, der immer das letzte Wort haben musste. Ich beachtete ihn nicht, denn meine Gedanken waren schon längst wieder zu dem braunen Wallach gewandert. Wenn doch schon morgen wäre!

Um Viertel nach acht radelte ich in den Club. Ich hatte eine Abkürzung durch die Marais salants ausfindig gemacht und brauchte nur knapp fünfzehn Minuten. Auf dem Gepäckträger balancierte ich eine Kiste mit Äpfeln und Möhren. Als ich das Fahrrad abstellte, sah ich sofort, dass der braune Wallach tatsächlich noch immer im Paddock war. Nicolas und Véronique schienen schon auf dem Morgenausritt zu sein. Ich schnappte die Kiste und trug sie zum Paddock hinüber.

»*Bonjour, petite!*«, rief Rémy vom Stall aus. »Schon so früh auf den Beinen?«

»Ja, natürlich«, erwiderte ich. »Ich muss doch das neue Pferd füttern.«

Rémy schien Bescheid zu wissen, denn er nickte. »Ich habe dir eine Schüssel mit Hafer auf die Futterkiste gestellt. Der Wassereimer ist auch leer.«

Entgegen meinen heimlichen Befürchtungen hatte Nicolas also nicht hinter meinem Rücken versucht, das Pferd einzufangen. Er meinte es wohl wirklich ernst damit, dass ich versuchen sollte, das Vertrauen des Pferdes zurückzugewinnen. Eine heiße Welle des Stolzes überlief mich. Im Reitstall in Bad Soden war ich nur eines von vielen pferdeverrückten Mädchen. Die Älteren und die Privatreiter wachten eifersüchtig über ihre Pferde und ihre Rechte. Mit viel Glück durfte ich vielleicht mal den Wasserschlauch aufdrehen, wenn einer von ihnen sein Pferd abspritzen wollte. Mehr war undenkbar. Ich hätte mich auch niemals in den Vordergrund gedrängt. Als dreizehnjährige Schulreiterin war man in der Hierarchie des Reitstalles ein Nichts und mehr war ich nicht mehr – ohne Gento. Umso schöner war die Erfahrung, dass Nicolas, der mich doch eigentlich kaum kannte, mir eine solch großartige Aufgabe zutraute. Ich würde ihn sicher nicht enttäuschen!

Fast den ganzen Tag verbrachte ich bei dem braunen Pferd. Mit den Äpfeln und Möhren lockte ich es immer wieder in meine Nähe. Ich legte die Leckerbissen ein paar Meter von mir entfernt ins Gras und wartete, bis die Verfressenheit siegte und das Pferd sie sich holte.

Mittags durfte ich wieder mitessen, Sophie und Thierry saßen auch am Tisch. Es war ein tolles Gefühl, ganz selbstverständlich dazuzugehören. Aber es hätte mir noch mehr Spaß gemacht, wäre Thierry nicht gewesen. Er stichelte herum und machte blöde Bemerkungen, genau wie Phil. Davon ließ ich mich aber nicht ins Bockshorn jagen.

»Hast du Lust, jetzt gleich um drei mit in die Salzsümpfe zu reiten?«, fragte Véronique nach dem Essen.

»Ich habe mich doch erst wieder für morgen Abend eingetragen«, erwiderte ich überrascht.

»Na ja, dafür, dass du hier schuftest wie ein Stallknecht, kannst du wenigstens etwas reiten«, erwiderte Nicolas, und ich wurde vor Freude mal wieder knallrot.

»Aber ich habe keine Kappe und keine Stiefel dabei«, fiel mir voller Schrecken ein.

»Eine Kappe finden wir schon«, beruhigte Véronique mich, »und du kannst die Chaps von Cécile nehmen.«

»Wen möchtest du denn reiten?« Nicolas sah mich an.

»Nimm doch das Wildpferd«, schlug Thierry wenig freundlich vor. »Ich würde gerne mal ein richtiges Rodeo sehen.«

»Halt die Klappe, Thierry!«, fuhr Nicolas seinen Neffen an. »Verschwinde lieber wieder an den Strand, bevor ich mich über dich ärgern muss.«

Thierry feixte und verdrückte sich.

»Wie wäre es mit Hirondelle?«, schlug Véronique vor. »Die könnte mal wieder ein bisschen Bewegung brauchen.«

Da war sie wieder, die Angst! Hirondelle, die zierliche Fuchsstute mit dem weißen Ring um die Augen, war sehr temperamentvoll.

Mit weichen Knien schlich ich zum Stall wie zu meiner Hinrichtung. Die vier Reiter für den Nachmittagsausritt waren schon eingetroffen. Rémy und Cécile sattelten mit Lucky Luke, Kébia, Caramel und Gosse d'Irlande die bravsten Pferde. Ich putzte Hirondelle, die dauernd mit dem Kopf schlug und auf ihren schlanken, weiß gefesselten Beinen herumtänzelte.

»Wirf mich bloß nicht ab«, flüsterte ich, als ich ihr den Sattel auf den Rücken legte. »Bitte, sei lieb.«

Mit zitternden Fingern schnallte ich die Trense zu und führte die Stute hinaus auf den Hof. Cécile gab mir ihre Chaps, die ich mir ungeschickt um die Waden schnallte. Ich war noch nie mit solchen Dingern geritten. Die Kappe, die Véronique mir gegeben hatte, passte wenigstens einigermaßen. Ich zog den Gurt fest und schwang mich beherzt in den Sattel. Hirondelle tänzelte.

»Kannst du ganz hinten reiten, Charlotte?«, bat Véronique, als alle im Sattel saßen.

Ich nickte stumm, meine Hände krampften sich um die Zügel.

Wir ritten um den Kartoffelacker herum und dann auf die Straße. Hirondelle fing an, mit dem Kopf zu schlagen.

»Hör doch auf«, sagte ich und zog am Zügel, woraufhin sie einen Bocksprung machte. Meine Angst wuchs. Wie sollte ich diesen Ausritt nur überstehen? Vor mir schaukelten die vier Reiter auf den braven Schulpferden und unterhielten sich lachend. Was hätte ich darum gegeben, auf dem gutmütigen Gosse zu sitzen oder auf dem gemütlichen Caramel! Hirondelle hingegen wurde immer nervöser und begann richtig zu spinnen. Sie kam mit ihren Hufen den geparkten Autos bedrohlich nahe und mir brach der Angstschweiß aus, als sich von hinten plötzlich ein Lkw näherte. Auch das noch! Das Ungetüm kam immer dichter heran, und mir gelang es nicht mehr, die Stute zu beruhigen. Leider dachte der Fahrer des Lasters nicht daran, das Tempo zu verringern. Stattdessen drückte er sogar noch auf die Hupe.

Ich sah sein grinsendes Gesicht, als Hirondelle erschrocken zur Seite in den Kartoffelacker sprang. So ein Idiot!

Véronique schien bis dahin meine Schwierigkeiten mit der Fuchsstute nicht bemerkt zu haben.

»Charlotte!«, rief sie nur. »Lass die Zügel locker! Nicht ziehen! Bleib ruhig!«

Ruhig bleiben! Sie hatte gut reden! Ich saß auf einem kopflosen Pferd und war selbst einer Panik nahe.

»Zügel locker lassen!«, befahl ich mir selbst und tat es. Dabei richtete ich mich im Sattel auf. Doch Hirondelle hatte gemerkt, dass sie sich von den anderen Pferden entfernt hatte, und drehte sich so abrupt um, dass ich einen Bügel verlor und an ihrer Seite hing. Verzweifelt klammerte ich mich an der Mähne der Stute und an den Zügeln fest.

Die Tränen schossen mir in die Augen. Der Lkw stoppte mit quietschenden Bremsen und Hirondelle sprang mit einem Satz zurück auf die Straße. Noch immer hing ich wie ein nasser Sack am Hals der Fuchsstute, wild entschlossen, nicht vor aller Augen vom Pferd direkt vor die Schnauze des Lastwagens zu fallen. Das wilde Geklapper der Hufe auf dem Asphalt lockte Schaulustige an. Neugierig gafften sie über ihre Gartenzäune. Genau wie meine vier Mitreiter bestaunten sie belustigt die akrobatische Zirkusnummer, die ich auf der Straße aufführte.

Am liebsten wäre ich vor Scham im Erdboden versunken! Auf Liesbeth oder Goldi konnte ich reiten, in der Reithalle. Ja, da kam ich mir vor wie eine gute Reiterin, aber hier, im Gelände, da zeigte sich, dass ich nichts anderes war als die vier Touristen: eine blutige Anfängerin!

Véronique hatte endlich gemerkt, dass ich ernsthafte Probleme hatte, und schrie dem Lkw-Fahrer ein paar sehr unhöfliche Dinge zu.

Endlich gelang es mir, mich wieder in den Sattel zu ziehen. Ich angelte mit dem rechten Fuß nach dem Steigbügel und erwischte ihn.

Der Lkw rollte langsam vorbei.

»Ist alles in Ordnung, Charlotte?«, fragte Véronique besorgt. »So ein blöder Kerl mit dem Lkw!«

Am liebsten wäre ich nach diesem Zwischenfall vom Pferd gesprungen und hätte Hirondelle am nächsten Gartenzaun angebunden, aber Véronique würde mir sicher nie wieder anbieten, eines ihrer besseren Pferde auf einem Ausritt zu reiten, wenn ich jetzt feige umkehrte. Ich biss also die Zähne zusammen und nickte. Irgendwie musste ich diese Stunde durchstehen und das Pferd heil zurück in den Stall bringen.

Wir überquerten im Schritt die Straße, die nach L'Herbaudière führte, und erreichten die Marais. Véronique trabte an. Hirondelle hatte einen weichen, schwungvollen Trab. Die Stute war ganz weich im Maul und ich merkte, dass sie nur dann mit dem Kopf schlug, wenn ich sie zu sehr festhielt, deshalb ließ ich die Zügel ein wenig länger.

Die Sonne brannte heiß vom wolkenlosen blauen Himmel. Auf Noirmoutier regnete es im Sommer manchmal wochenlang nicht, deshalb war das Gras nicht saftig grün, sondern gelbbraun und der ausgetrocknete Boden war hart wie Beton und von Furchen und Rissen durchzogen. Herr Kessler hätte uns zu Hause niemals auf einem so harten

Boden traben lassen, aber den Pferden schien es nichts auszumachen. Wir trabten einen Weg entlang, der von meterhohen gelb blühenden Ginsterbüschen gesäumt war. Dann ging es um eine scharfe Kurve und wir erreichten den einzigen etwas breiteren Weg in den Marais.

»*Au galop!*«, rief Véronique.

Hatte mein Pferd das als Startschuss für ein Rennen verstanden? Hirondelle schoss nach vorne, ich hatte Mühe, sie hinter Caramel zu halten. Wieder begann sie, mit dem Kopf zu schlagen, dann bockte sie. Einmal, zweimal, dreimal hüpfte sie wie eine Heuschrecke und bohrte dabei mit dem Kopf nach unten. Ich kippte nach vorne und zog dabei die Absätze hoch. Plötzlich riss die Stute den Kopf wieder hoch. Ich knallte schmerzhaft mit der Nase gegen ihren Mähnenkamm. Für einen Moment sah ich tausend Sternchen und direkt neben meinem Knie den Schweif von Caramel. Hirondelle versuchte zu überholen.

Die Kappe rutschte mir über die Augen, ich musste mit einer Hand den Zügel loslassen, um sie zurückzuschieben. Nun ging ich nicht mehr in den leichten Sitz, sondern blieb fest im Sattel sitzen. Schon auf ein erneutes Kopfschlagen vorbereitet, gab ich der Stute eine kräftige Parade an beiden Zügeln.

Auf einmal hörte Hirondelle auf, am Zügel zu zerren, und galoppierte brav hinter den anderen Pferden her. So musste man es also anstellen! Vielleicht hatte ich sie mit meinen Absätzen am Bauch gekitzelt und sie so zum Bocken gebracht.

Mit langem Bein, festem Sitz und weicher Hand ließ sie

sich jetzt auf jeden Fall wunderbar reiten. Für den Rest des Ausritts benahm sich Hirondelle vorbildlich und es begann, mir sogar Spaß zu machen.

Als ich eine halbe Stunde später mit butterweichen Knien aus dem Sattel glitt, war ich erschöpft und gleichzeitig stolz. Ich hatte einen Sieg errungen, einen Sieg über meine Ängstlichkeit. Kein Hanko der Welt hätte mir jetzt noch Angst einjagen können, nachdem ich mich bei den Bocksprüngen so gut im Sattel gehalten hatte. Ich war nicht gestürzt, hatte mich nicht blamiert und zum Schluss waren Hirondelle und ich wirklich gut miteinander ausgekommen. Ich gab der Stute noch eine Möhre, nachdem ich ihr die Beine abgespritzt und sie in den Stall gebracht hatte.

»Wie war's?«, erkundigte sich Nicolas, als ich das Sattelzeug an ihm vorbeitrug. »Wie bist du mit Hirondelle zurechtgekommen?«

»Kein Problem«, erwiderte ich lässig und machte mich auf den Weg zum Paddock.

Der Braune schien mich beinahe zu erwarten. Er näherte sich mir bis auf einen Meter, als ich ihm wieder zwei Äpfel hinlegte, und während ich den Wassereimer auffüllte, blieb er sogar neben mir stehen.

Ich hatte heute einiges gelernt. Vertrauen war wichtig. Nicht nur Vertrauen zu anderen, sondern auch zu sich selbst. Ich freute mich, dass ich nicht einfach aufgegeben hatte, heute bei dem Ausritt mit Hirondelle. Ich hatte es geschafft, meine Angst und meine Unsicherheit zu überwinden. Vielleicht konnte eines Tages doch noch eine ganz passable Reiterin aus mir werden.

Ein Wildpferd wird zahm

Die Tage vergingen und ich war jeden Tag im Club. Ab und zu begleitete ich meine Familie an den Strand, aber ich fühlte mich dort wie eine Fremde. Sonntags ging ich natürlich auch mit in die Kirche, aber die meiste Zeit verbrachte ich bei dem braunen Wallach im Paddock des Club Hippique. Nach zwei Tagen lief er nicht mehr vor mir weg, am dritten Tag nahm er die Möhren und Äpfel aus meiner Hand und schließlich duldete er, dass ich ihn streichelte.

Nicolas und Véronique nahmen nicht länger den Umweg am Zaun entlang, wenn sie vom Büro in den Stall gingen, sondern liefen quer durch den Paddock. Der Braune beäugte sie aufmerksam, machte aber keine Fluchtversuche mehr. Ich ging mit Schubkarre und Schaufel in den Paddock und sammelte die zahlreichen Pferdeäpfel auf, die der Wallach dort im Laufe der letzten Tage hinterlassen hatte. Dabei folgte mir das Pferd neugierig. Wahrscheinlich langweilte es sich mittlerweile.

Am Montagmorgen schließlich wartete er am Zaun auf mich. Ich stellte mein Fahrrad ab und ging langsam zu ihm hin. Vorsichtig kletterte ich durch den Zaun.

»Na«, sagte ich zu dem Pferd, »alles klar? Ich denke, ich werde dich jetzt erst mal gründlich putzen.«

Der Braune betrachtete mich mit gespitzten Ohren. Er wartete eindeutig auf seinen Begrüßungshappen. Als ich ihm nicht sofort die Möhre gab, stupste er mich mit seiner weichen Nase an.

Nicolas und Véronique waren mit einer Gruppe Reiter unterwegs, Rémy war mit seinem alten Renault zum Futtermittelhändler gefahren, Cécile im Supermarkt einkaufen. Ich war ganz allein.

Aus dem Stall holte ich ein Halfter mit einem Strick und kehrte zu dem Braunen zurück. Wieder stieß er mich nachdrücklich an, rieb seine Stirn an meiner Schulter und sah mich aus seinen klaren dunklen Augen erwartungsvoll an. Der verängstigte Ausdruck war verschwunden. Mein Herz klopfte vor Aufregung, als ich ihm das Halfter hinhielt. Ohne zu zögern, steckte er seinen Kopf hinein. Mit einem Handgriff schloss ich den Genickriemen, mit der anderen Hand reichte ich ihm einen weiteren Apfel.

»Komm«, sagte ich, »wir gehen in den Stall.«

Ganz selbstverständlich trottete der Braune neben mir her durch das Gatter hinüber zu seiner Box, die ich schon vor Tagen dick mit Stroh eingestreut hatte. Ich hätte vor Freude jubeln können. Der Braune beschnupperte das Stroh und den Haufen Heu in der einen Ecke, dann nahm er einen Schluck Wasser aus dem Eimer. Ich stand in der offenen Boxentür und betrachtete ihn. Nein, er hatte wirklich keine Angst mehr.

Nachdem er getrunken hatte, kam er zu mir und fuhr mir freundschaftlich mit seiner nassen Schnauze durchs Gesicht.

»Warte«, sagte ich, »ich hole dir schnell dein Frühstück.«

Als ich die untere Hälfte der Boxentür schloss, schob der Braune seinen Kopf über die Halbtür und blickte mir nach. Wenig später schüttete ich ihm eine Schaufel Hafer in die Krippe. Doch sosehr ich mich auch freute, so traurig war ich auch. Nur noch zwei Wochen waren es, bis ich ihn wieder verlassen musste. Wahrscheinlich würde ich ihn niemals wiedersehen, denn Nicolas und Véronique wussten noch nicht, ob sie im nächsten Jahr wieder mit den Pferden nach Noirmoutier kommen würden. Ich legte die Arme auf die Halbtür und sah dem Pferd beim Fressen zu.

»Du solltest einen Namen haben«, sagte ich zu dem Braunen.

Seitdem ich ihn kannte, hatte ich über einen schönen Namen für ihn nachgedacht. Dorothee und ich hatten lange Listen mit Pferdenamen angelegt. Wir schrieben immer die Namen auf, die uns in Büchern oder Turnierprogrammen besonders gut gefielen. Einen Namen gab es, den ich persönlich am liebsten mochte. Er klang kraftvoll und mutig.

»Won Da Pie«, sagte ich leise und lächelte, weil der Braune beim Klang meiner Stimme die Ohren gespitzt und von seinem Futter aufgesehen hatte. »Won Da Pie … Das gefällt dir, oder?«

In der Ferne erklang das Klappern von Hufen, ich hörte Stimmen. Véronique und Nicolas kamen mit fünf Reitern vom morgendlichen Strandausritt zurück. Die würden Augen machen!

Wenig später war der Hof voller Pferde und Reiter. Ich

nahm einer älteren Dame Gosse d'Irlande ab, weil sie ziemlich hilflos neben dem Pferd stand. Wie grob und abgestumpft Gosse gegen Won Da Pie wirkte! An dem braunen Wallach war alles geschmeidig und elegant. Ich brachte Gosse in seine Box, nachdem ich ihm die Beine abgespritzt und die Hufe ausgekratzt hatte. Die anderen Pferde waren mittlerweile auch alle versorgt, die Reiter verabschiedeten sich und gingen durch den Paddock zu ihren Autos. Erst da fiel Nicolas auf, dass Won Da Pie nicht mehr im Paddock war.

»Charlotte!«, rief er überrascht. »Wo ist der Braune?«

»In seiner Box«, erwiderte ich so beiläufig, als sei das die normalste Sache der Welt.

Da grinste der Reitlehrer übers ganze Gesicht und klopfte mir anerkennend auf die Schulter.

»Du hast es geschafft!« Er drehte sich lachend zu seiner Frau um. »Die Kleine hat doch tatsächlich unser Wildpferd gezähmt!«

Gemeinsam gingen wir zu Won Da Pies Box. Der braune Wallach streckte seinen Kopf über die Halbtür und rieb vertrauensvoll seine Nase an meiner Schulter.

»Das hast du echt toll gemacht.« Nicolas sah mich lächelnd an. »Ich bin stolz auf dich, Charlotte.«

Ich spürte, wie ich vor Freude und Stolz rot wurde.

»Hol ihn mal heraus und führ ihn etwas hier herum«, forderte Nicolas mich auf.

Ich nickte aufgeregt, öffnete die Boxentür und hakte den Strick in den Ring des Halfters. Ohne zu zögern, folgte Won Da Pie und trottete brav neben mir durch den ganzen Hof. Er ließ sich anbinden, und selbst als Nicolas auf ihn zutrat und ihn streichelte, spitzte er die Ohren und zeigte keine Scheu.

»Ich glaube, er ist heilfroh, dass er keine Angst mehr zu haben braucht«, stellte Véronique fest. »Das hat er dir zu verdanken, Charlotte.«

»Es hat mir Spaß gemacht«, wehrte ich das Lob verlegen ab.

»Zuerst muss ich den Hufschmied bestellen«, sagte Nicolas mit einem kritischen Blick auf die schlechten Hufe des Braunen. »Und dann schauen wir mal, wie er sich unter dem Sattel benimmt.«

Da Won Da Pie nun einmal hier stand, holte ich das Putzzeug aus der Sattelkammer und machte mich an die Arbeit. Der Wallach war kitzlig am Bauch und wirklich sehr schmutzig. Bis er so fein aussah wie Gento, würde es eine Weile dauern. Zum Schluss bürstete ich seinen Schweif und schnitt ein Stück unten mit der Schere ab, denn er war viel zu lang. Ich war schweißgebadet, als ich schließlich fertig war. Zufrieden begutachtete ich mein Werk. Genau in diesem Augenblick kam Rémy zurück. Er staunte nicht schlecht.

»Du hast den richtigen Draht zu Pferden«, sagte er zu mir. »Pferde merken es nämlich sofort, wenn jemand sie mag und versteht. Thierry, zum Beispiel, behandelt alle Pferde wie ein Auto oder ein Moped. Da kann er noch so gut reiten; ihm fehlt einfach das richtige Gespür für Pferde.«

»Thierry kann reiten?«, fragte ich den alten Mann erstaunt. »Das wusste ich ja gar nicht!«

»Oh ja! Er kann reiten wie der Teufel«, versicherte mir

Rémy. »Aber er hat keine Lust. Zu schade, so eine Talentvergeudung.«

Das war ja interessant! Ich hatte angenommen, Thierry hätte von Pferden überhaupt keine Ahnung. Vielleicht steckte doch mehr hinter seinem arroganten Auftreten, als ich gedacht hatte.

Rémy ging wieder an seine Arbeit. Ich fuhr damit fort, Won Da Pie zu verschönern. Geduldig ließ er es sich gefallen, dass ich ihm die Mähne verzog und die Schweifrübe ausschnitt.

Als ich fertig war und das Putzzeug wieder in der Kiste verstaute, kam Nicolas durch den Paddock auf mich zu. Er schüttelte den Kopf und zog die Stirn in Falten, als er Won Da Pie sah, und ich befürchtete schon, ihm gefiele nicht, was ich mit seinem Pferd angestellt hatte.

»Ich glaube, wir müssen dich behalten, Charlotte«, sagte er. »Mein Gott, du hast das Pferd völlig verändert.«

»Ist es gut so?«, fragte ich schüchtern.

»Es ist fantastisch. Wo hast du das gelernt?«

»Ich hatte zu Hause ein Pflegepferd«, antwortete ich. »Ich habe es jeden Tag so geputzt.«

»Du *hattest* ein Pflegepferd?«, erkundigte sich Nicolas. »Hast du es jetzt nicht mehr?«

»Nein, es wurde leider verkauft.« Ich wunderte mich, dass es gar nicht mehr so wehtat, von Gento zu sprechen.

Es war kurz nach eins, als ich mich auf das klapprige Fahrrad schwang und nach Hause radelte. Ich hatte versprochen, zum Mittagessen zurück zu sein. Papa hatte früh am

Morgen am Hafen von L'Herbaudière fangfrische Miesmuscheln und Austern gekauft, dazu einen Loup de mer. Beim Gedanken daran lief mir das Wasser im Mund zusammen und ich spürte, wie mein Magen nachdrücklich knurrte. Eigentlich war ich schon etwas zu spät, deshalb trat ich kräftiger in die Pedale. Die Hitze flimmerte auf dem Asphalt, Grillen zirpten im Gras am Straßenrand. Links und rechts dehnten sich Kartoffelfelder bis zu den ersten blendend weißen Häusern von La Linière. Ich bog nach links ab, überquerte die große Straße und radelte durch die Siedlung, bis ich unser Haus erreicht hatte.

Heute Abend würde ich Le Zaza beim Zwei-Stunden-Ausritt zum Strand reiten, das hatte mir Véronique eben verraten. Der fünfjährige Vollblüter war noch vor einem Vierteljahr Galopprennen gelaufen und gehörte zu Nicolas' besseren Pferden. Es war eine Auszeichnung, dass er mir dieses Pferd anvertraute.

Papa und Mama freuten sich mit mir über meine Erfolge mit Won Da Pie, aber ich bemerkte die Blicke, die sie sich zuwarfen. Wahrscheinlich befürchteten sie, dass ich mich schon wieder hoffnungslos in ein Pferd verliebt hatte, das mir nicht gehörte.

Als ich um fünf Uhr am Club eintraf, standen Nicolas und Véronique mit Thierry vor dem Büro.

»Wir mussten den Ausritt heute Abend leider absagen«, sagte Véronique zu mir. »Nicolas und ich müssen nach Nantes fahren. Aber Thierry wird mit dir reiten.«

Ich warf dem Jungen, der am Treppengeländer lehnte und gelangweilt auf seinem Handy herumtippte, einen unsicheren Blick zu. Wahrscheinlich war er stinksauer, weil er nicht mit seiner Clique am Strand herumhängen konnte, und würde keinen Ton mit mir reden. Darauf hatte ich keine Lust.

»Ach, ich muss nicht unbedingt reiten«, sagte ich deshalb.

»Quatsch, schon okay.« Thierry blickte nicht einmal hoch. »Du bist die große Wildpferdzähmerin. Es ist mir eine Ehre, dich auf deinem abendlichen Ausritt begleiten zu dürfen.«

Wieso behandelte er mich so gemein? Wut stieg in mir auf.

»Vielen Dank«, entgegnete ich mindestens so herablassend wie er. »Ich wette, die Hälfte aller Mädchen in Paris und hier am Strand würden mir vor Neid die Augen auskratzen, wenn sie das wüssten.«

Thierry sah mich an. Er zog die Augenbrauen hoch, dann grinste er. »Nur die Hälfte?«

Véronique und Nicolas grinsten auch.

»Also«, mahnte Nicolas, »keine gewagten Aktionen, mein Lieber. Hast du verstanden?«

»Natürlich nicht.« Thierry stieß sich lässig vom Treppengeländer ab und deutete eine Verbeugung vor mir an. »Nach Ihnen, Gnädigste.«

»Viel Spaß!«, rief Véronique und folgte ihrem Mann zum Auto.

Mir war nicht ganz geheuer bei dem Gedanken, allein mit Thierry auszureiten. Am Stall begrüßte ich Won Da Pie, der mir entgegenwieherte. Sophie und Cécile saßen auf ein paar Strohballen in der Sonne.

»Wollt ihr nicht mit uns ausreiten?«, fragte ich die beiden.

»Ja, warum eigentlich nicht?« Sophie stand auf. »Ich habe schon seit ein paar Wochen auf keinem Pferd mehr gesessen.«

Gab es das? Sie waren tagtäglich mit Pferden zusammen und ritten nie? Das war für mich völlig unverständlich.

»Nehmt aber bloß keins von den lahmarschigen Schulpferden!«, rief Thierry aus der Box von Linotte. »Ich will ein bisschen Spaß haben und nicht dauernd auf euch warten müssen.«

»Mach dir mal nicht ins Hemd«, sagte Sophie zu ihrem Bruder. »Du kriegst schon dein Rennen.«

Eine Viertelstunde später ritten wir zu viert los. Vorneweg ritt Thierry auf der nervösen Linotte. Um nichts in der Welt hätte ich mich freiwillig auf diese braune Stute gesetzt. Aber der Junge saß tatsächlich wie angegossen im Sattel. Er hielt die Zügel in einer und sein Handy in der anderen Hand und tippte unablässig mit dem Daumen irgendwelche Nachrichten. Mich beachtete er nicht.

Hinter uns ritten Sophie mit Brunette und Cécile mit Hélice. Le Zaza war ein wirklich braves Pferd mit einem angenehmen Temperament.

»Dass du mir nicht aus dem Sattel rutschst, wenn wir gleich galoppieren«, sagte Thierry in meine Richtung, als wir die Straße überquert und die Salzsümpfe erreicht hatten.

»Wieso sollte ich?«, entgegnete ich gereizt. Seine überhebliche Art ging mir auf die Nerven.

»Weil wir gleich mal etwas flotter reiten, als du es gewohnt bist.«

Mistkerl, dachte ich und biss die Zähne zusammen. Nur keine Angst zeigen! Von Brunette war ich bei dem wilden Galopp am Strand auch nicht runtergefallen! Wir trabten durch die Salzsümpfe. Ohne die Touristen, die sich oft kaum im Sattel halten konnten, hatten wir viel schneller als sonst den Strand erreicht. Es war noch vor sieben Uhr, also zu früh, um hinunter ans Meer zu reiten. Thierry entschied deshalb, dass wir den Weg hinter den Dünen nehmen würden, um so bis ganz nach vorne in die Bucht zu gelangen.

Viele Menschen waren auf dem Weg vom Strand zu ihren Autos oder nach Hause. Ich hatte den Verdacht, dass Thierry den Weg mit Absicht gewählt hatte, weil er mit seinen Reitkünsten angeben wollte. Die Kinder mit ihrem klappernden Strandspielzeug und den Gummitieren machten Linotte ganz wild. Die Stute tänzelte und schnaubte, rollte mit den Augen. Thierry grinste, wenn sich die Leute ängstlich oder bewundernd ins Gebüsch drückten.

»Mein Bruder kann es einfach nicht lassen.« Sophie rümpfte die Nase. »So ein grässlicher Angeber!«

»Aber er kann wirklich gut reiten«, gab ich zu. »Es macht ihm gar nichts aus, dass Linotte so herumspinnt.«

»Onkel Nicolas würde der Schlag treffen, wenn er uns hier sehen könnte«, erwiderte Sophie. »Es ist nicht gerade ungefährlich.«

Ich zuckte mit den Schultern. Le Zaza schien der Trubel nicht zu stören. Er trottete brav hinter Linotte und Brunette her.

GALOPP AM MEER

Wir lenkten die Pferde zwischen den Klippen hinunter an den Strand. Die Ebbe hatte ihren tiefsten Stand erreicht und ein breiter Streifen nassen Sandes erstreckte sich die ganze Bucht entlang. Unten zügelte Thierry seine Stute.

»Wettrennen ist angesagt«, verkündete er. »Wer zuerst die Landspitze erreicht, hat gewonnen.«

»Okay«, antworteten Sophie und Cécile.

»Was ist mit dir?« Thierry warf mir einen Blick zu.

»Kein Problem.« Ich gab mich cool, auch wenn mein Herz wild klopfte.

Wir stellten uns nebeneinander auf. Le Zaza war noch immer ganz phlegmatisch. Weil ich ahnte, was auf mich zukam, griff ich in die Mähne des Wallachs.

»Seid ihr so weit?«, rief Thierry. »Dann los!« Er grub Linotte die Fersen in den Bauch.

Da erwachte mein Pferd mit einem Schlag aus seiner Lethargie. Das kannte er nur zu gut! Obwohl ich geglaubt hatte, vorbereitet zu sein, fegte mich Le Zazas erster Satz beinahe aus dem Sattel.

Thierry hatte den besten Start von uns erwischt. Die Sandbrocken, die von Linottes Hufen hochgeschleudert wurden, flogen mir ins Gesicht. Ich ging in den leichten Sitz und duckte mich über den Hals meines Pferdes. Fast vergaß ich Luft zu holen, so atemberaubend war die Geschwindigkeit, mit der die Pferde den Strand entlangdonnerten. Was war schon der Galopp in der Reithalle, verglichen mit dem Tempo, das ein trainiertes Galopprennpferd vorlegen konnte? Dunkel erinnerte ich mich daran, dass Nicolas erwähnt hatte, Le Zaza hätte noch vor einem Monat ein Rennen gewonnen. Ich spürte, wie sich der Wallach unter mir streckte. Seine Beine arbeiteten wie die Kolben einer Maschine. Galopp, Galopp, Galopp!

Sophie und Cécile waren weit zurückgefallen, Le Zaza hatte Linotte eingeholt und schoss an der Stute vorbei. Für den Bruchteil einer Sekunde sah ich Thierrys verbissenes Gesicht. Er war sich ganz sicher gewesen, auf dem schnellsten Pferd zu sitzen, sonst hätte er kein Wettrennen vorgeschlagen. Verlieren wollte er nämlich auf keinen Fall! Wütend gab er Linotte die Sporen und ließ das Ende der Zügel links und rechts auf den Hals der Stute klatschen. Ich saß ganz ruhig und bemühte mich, Le Zaza nicht zu stören. Er forderte etwas mehr Zügel, und als ich ihm nun den Kopf freigab, legte er noch einmal gewaltig zu und ließ Linotte weit hinter sich zurück. Wie mühelos war sein Galopp! Ich hatte das Gefühl zu fliegen und hätte vor Glück lachen können. Viel zu schnell hatte ich die Landzunge erreicht und zügelte den Fuchswallach, der gehorsam das Tempo verringerte. Überglücklich klopfte ich seinen Hals. Da kam Thierry in vollem Galopp an.

»Los, weiter!«, schrie er mir zu. »Mal sehen, wer gewinnt!«

Direkt hinter der Landzunge erstreckte sich der Strand von L'Épine, aber im Gegensatz zum Strand von Luzéronde gab es hier Hindernisse. Niedrige Holzwände sollten die Abschwemmung des Sandstrandes durch die Strömung verhindern. Weiter oben am Strand waren diese Wände kaum kniehoch, unten jedoch maßen sie mehr als einen Meter.

Ich ließ Le Zaza wieder galoppieren und folgte dem wie besinnungslos dahinstürmenden Thierry. Das erste Hindernis kam. Ich schickte ein Stoßgebet zum Himmel, hielt mich an der Mähne meines Pferdes fest und schon waren wir darüber hinweg. Thierry ritt weiter unten am Strand, wo der Sand fester war. Le Zaza sprang brav über die zweite Hürde. Wir waren gleichauf mit Linotte. Aus den Augenwinkeln sah ich Thierry die dritte Holzwand anreiten. Aber diesmal war es seiner Stute zu hoch und die dunkle Pfütze mit brackigem Meerwasser schien ihr nicht geheuer zu sein. Linotte bremste aus vollem Tempo und schlug einen Haken. Thierry, der sich schon zum Absprung bereit nach vorne gebeugt hatte, flog in hohem Bogen aus dem Sattel und landete in der Pfütze auf der anderen Seite der hölzernen Wand. Ich sah das Wasser hoch aufspritzen und parierte Le Zaza erschrocken durch.

Ein paar Strandspaziergänger waren stehen geblieben und guckten. Hoffentlich war Thierry nichts passiert! Sophie und Cécile kamen angaloppiert, und Cécile bekam den Zügel von Linotte zu fassen, die geradewegs auf sie zugaloppiert war. Thierry kroch aus der Pfütze, richtete sich auf und schwang sich über die Holzbarriere. Ich war insgeheim erleichtert, dass ihm nichts zugestoßen war, und musste bei seinem Anblick mühsam ein Grinsen unterdrücken.

Er marschierte zu seinem Pferd hinüber. »So ein blödes Mistvieh!«, schrie er wütend. Dann ließ er noch ein paar saftige französische Flüche folgen, die ich mir gut merkte. Eine fremde Sprache kann man erst dann richtig gut, wenn man auch die Umgangssprache beherrscht. Das hatte unsere Französischlehrerin gesagt.

»Hochmut kommt vor dem Fall, lieber Bruder!«, rief Sophie und lachte. »Charlotte war schneller als du und hat gewonnen!«

»Warum musstest du auch so weit unten am Strand reiten, wo die Holzwände so hoch sind?«, wollte Cécile wissen.

»Ach, lasst mich doch in Ruhe!« Thierry riss ihr die Zügel von Linotte aus der Hand. Er war bis auf die Haut durchnässt und über und über mit stinkigen Algen bedeckt. Beinahe tat er mir leid. Ohne mich anzusehen, schwang er sich wieder in den Sattel.

»Was hast du denn da auf dem Kopf? Du siehst ja aus wie Neptun persönlich!« Sophie lenkte ihr Pferd neben das ihres Bruders und pflückte ihm eine Alge aus den Haaren. Thierry wehrte sie unwillig ab. Cécile und Sophie kicher--ten.

»Blöde Weiber«, murmelte er verärgert.

Im Schritt ritten wir hoch an den Strand und folgten Thierry in die Dünen. Wenig später waren wir auf der schmalen Straße, die in die Salzsümpfe führte. Cécile und Sophie neckten Thierry und lachten über sein Missgeschick.

Ich war noch ganz benommen von diesem schönsten Galopp meines Lebens. Der Gedanke, dass ich bald wieder nur im Schaukelgalopp auf den Schulpferden in der Reithalle herumreiten musste, war furchtbar.

Le Zaza ging am langen Zügel, und ich legte den Kopf in den Nacken, um in den endlosen kobaltblauen Himmel zu schauen. Im Osten erkannte ich schwach die Sichel des abnehmenden Mondes. Die warme Luft duftete nach Pinien, nach den trockenen Disteln am Straßenrand und nach Pferdeschweiß. Der Hufschlag der Pferde klang dumpf auf dem ausgetrockneten Boden der schmalen Wege, und mit einem Mal überkam mich der sehnsüchtige Wunsch, dieser Urlaub auf Noirmoutier würde niemals zu Ende gehen! Ich war bei dem Wettrennen am Strand schneller geritten als Thierry, ich, die ängstliche Schulreiterin, die sich vor Hanko und Farina fürchtete. Ich hatte Le Zaza vertraut, war aus vollem Galopp mit ihm gesprungen und nicht runtergefallen.

Die Grillen zirpten im trockenen Gras, Myriaden von Mücken tanzten über unseren Köpfen. Thierry fluchte.

»Was hast du denn?«, rief Sophie.

»Mein Handy ist nass geworden!«, erwiderte der Junge zornig.

»Du sollst sowieso nicht so viel telefonieren«, entgegnete seine Schwester.

»Du kannst mich mal!«, fuhr Thierry sie an und trabte ein Stück, um Abstand zu uns zu haben.

»Er ist nur sauer, weil du schneller warst als er«, sagte Sophie zu mir und kicherte. »Und dann ist er noch vom Pferd gefallen. Was für eine Schmach!«

»Er tut mir leid«, sagte ich mitfühlend. »Sicher ist ihm kalt in den nassen Klamotten.«

»Ach was! Wir würden ihm garantiert auch nicht leidtun, wenn eine von uns runtergeflogen wäre«, versicherte mir Sophie. »Mach dir um ihn keine Sorgen, er ist ja nicht aus Zucker.«

»Ich find's klasse, dass du gewonnen hast«, sagte Cécile rechts von mir. »Thierry hätte eigentlich wissen müssen, wie schnell Le Zaza ist. Er hat ihn doch schon oft genug bei Rennen gesehen.«

»Wahrscheinlich hat er nicht geglaubt, dass Charlotte sich trauen würde, so schnell zu reiten«, vermutete Sophie.

Cécile nickte und zwinkerte mir zu.

»Genau«, sagte sie, »und das ärgert ihn schwarz.«

Wir ritten abwechselnd im Schritt und im Trab zurück zum Club und versorgten dort unsere Pferde. Ich verabschiedete mich von Won Da Pie, der zufrieden in seiner Box stand, und sagte Rémy Bescheid, dass ich am nächsten Tag leider nicht kommen konnte. Papa und Mama hatten sich mit französischen Freunden verabredet, die ihren Urlaub in der Nähe von Carnac in der Bretagne verbrachten, und ich musste wohl oder übel mitfahren.

Glücklich radelte ich durch die Abenddämmerung nach Hause und malte mir in Gedanken aus, wie es wohl wäre, auf Won Da Pie zu reiten und mit ihm zu springen. Vor meinem inneren Auge sah ich mich im weiten Rund des Wiesbadener Schlossparks auf dem Pfingstturnier und hörte die Stimme des Ansagers. »Am Start ist die Nummer dreihundertvierzehn, threehundredfourteen, troiscentquatorze, Charlotte Steinberg mit Won Da Pie, Deutschland!«

Der Applaus der Zuschauer brandete auf, dann herrschte gespanntes Schweigen. Won Da Pie tänzelte und schlug mit dem Schweif. Seine Ohren waren aufmerksam gespitzt, er kaute am Gebiss. Ich ließ ihn angaloppieren. Da war schon der erste Sprung, ein rot-weißer Oxer! Ein leichter Schenkeldruck, schon waren wir drüber. Ein weißes Gatter, ein gelber Oxer und die Mauer. Leicht wie eine Feder schnellte mein Pferd über die höchsten Hindernisse, ich lachte übermütig. Ich hatte überhaupt keine Angst, alles war einfach wunderbar!

Da riss mich ein wildes Hupen jäh aus meinen Träumen. Erschrocken riss ich den Lenker nach rechts, als hinter mir ein schwarzer Renault angebraust kam. Vier junge Typen saßen in dem Auto, Musik dröhnte und die Bässe wummerten aus den heruntergelassenen Fenstern. Der Fahrer fuhr haarscharf an mir vorbei, und ich verlor das Gleichgewicht. Ich erhaschte noch einen Blick auf Thierry, der mit einem überheblichen Grinsen auf dem Beifahrersitz hockte, dann stürzte ich kopfüber in den Straßengraben. Das Auto verschwand hupend. Ich rappelte mich wütend auf und pflückte das Fahrrad aus den trockenen Disteln.

»Blöde Idioten!«, schimpfte ich und rieb mein Knie, das ordentlich wehtat, aber dann musste ich grinsen. Charlotte Steinberg stürzt am Wassergraben im Großen Preis von Wiesbaden. Das hatte ich nun von meinen hochgestochenen Tagträumen.

WON DA PIE HAT ANGST

Zwei endlos lange Tage verbrachten wir bei den Freunden meiner Eltern in der Bretagne. Zwei Tage, in denen ich nicht in den Club fahren konnte! Was für eine verschwendete Zeit! Ich brannte darauf, Won Da Pie wiederzusehen. Während ich den schmalen sandigen Pfad durch die Kartoffeläcker entlangradelte, überlegte ich, ob Thierry wohl immer noch beleidigt war. Eigentlich hätte es mir egal sein können, aber irgendwie wollte ich nicht, dass er sauer auf mich war. Zu meinem eigenen Erstaunen hatte ich in den letzten beiden Tagen mindestens so oft an ihn gedacht wie an Won Da Pie und das ärgerte und verwirrte mich.

Ich bog in den Hof ein und stellte fest, dass Thierrys Moped nicht vor dem Büro stand, also war er wohl am Strand. Nicolas war gerade damit beschäftigt, Hirondelle zu longieren, als ich mein Fahrrad gegen den Zaun des Paddocks lehnte.

»*Salut,* Charlotte!«, rief er. »Wie war es in der Bretagne?«

»Todlangweilig. Es gab von morgens bis abends nur Essen!«

Nicolas lachte. »Wie war eigentlich neulich dein Ritt mit Le Zaza?«

Hatten Sophie und Cécile nicht erzählt, was passiert war? Wahrscheinlich nicht. Und ich würde es auch nicht tun.

»Herrlich!«, erwiderte ich also. »Er ist einfach toll. So schnell bin ich noch nie zuvor galoppiert!«

»Ja, Le Zaza ist ein hervorragendes Rennpferd.« Nicolas schnalzte mit der Zunge und Hirondelle fiel in Galopp.

Ich sah ihm eine Weile zu. In Frankreich wurde alles ganz anders gemacht als zu Hause bei uns in Deutschland. Beim Reiten legten sie hier nicht so viel Wert darauf, dass ein Pferd am Zügel ging. Außer einem Martingal hatte ich keine Hilfszügel in der Sattelkammer entdecken können, weder Ausbinder noch Schlaufzügel.

Ich ging hinüber zu den Ställen, begrüßte Won Da Pie mit einem Apfel und rief Cécile und Rémy *»Salut!«* zu. Nachdem ich den Putzkasten geholt hatte, band ich Won Da Pie draußen an und putzte ihn gründlich. Die Sonne lachte, es duftete nach Pferden, Heu und dem Lavendel, der in großen Büschen auf dem Feld hinter den Stallungen wuchs. Schöner konnten Ferien überhaupt nicht sein!

Nicolas kam mit Hirondelle am Zügel aus dem Paddock und blieb neben mir stehen.

»Gestern war endlich der Hufschmied da und hat ihm neue Eisen verpasst«, sagte er.

»War er denn brav?«, fragte ich besorgt.

»Wie ein Lamm!« Nicolas grinste. »Du hast ihn offenbar vollkommen davon überzeugt, dass wir Menschen doch ungefährlich sind.«

Ich lächelte geschmeichelt und streichelte das weiche Fell des Pferdes.

»Wenn du fertig bist, könntest du ihn satteln«, meinte Nicolas im Weggehen. »Nimm am besten den Sattel und die Trense von Brunette. Das müsste beides passen.«

»Jetzt ist es vorbei mit dem faulen Leben, mein Lieber«, sagte ich zu Won Da Pie, und plötzlich wurde ich ganz traurig.

Jetzt, wo er brav war, würde auch er bald dicke Touristen über die Insel schleppen müssen, während ich wieder in der Schule saß. Ich seufzte und kämpfte bei der Vorstellung gegen die Tränen. So ein Pech, dass Won Da Pie, Nicolas, Véronique und die anderen nicht mit nach Deutschland kommen konnten! Im Stall würde ich niemandem davon erzählen, wie schön es hier im Club gewesen war, nicht einmal Dorothee und Inga. Auch wenn sie meine Freundinnen waren, würden sie mir nicht glauben. Ich würde wieder auf Liesbeth oder Goldi in der Reithalle in der Abteilung reiten und nur mit viel Glück einen Ausritt durch den langweiligen Eichwald machen dürfen.

Won Da Pie legte unwillig die Ohren an, als ich ihm vorsichtig den Sattel auf den Rücken legte. Beim Festschnallen des Gurtes schlug er mit einem Hinterbein aus und knirschte mit den Zähnen. Das Auftrensen ging ohne Probleme vonstatten.

»Ich habe ihn fertig!«, rief ich Nicolas zu, der mit Rémy vor der Box von Hélice stand und eine seiner unvermeidlichen Zigaretten rauchte.

»Gut, dann komm mal mit.« Er ergriff die Longe und die Longierpeitsche und nahm Won Da Pies Zügel.

In der Reitbahn bedeutete er mir, mich neben ihn zu stellen. Won Da Pie legte die Ohren flach an und knirschte wieder ärgerlich mit den Zähnen, als Nicolas den Gurt fester anzog. Das konnte er nicht leiden!

Kaum, dass Nicolas die Longe in den Gebissring eingeschnallt hatte, schoss Won Da Pie los.

Der Reitlehrer hielt mit aller Kraft die Longe fest, trotzdem wurde er von dem braunen Wallach hinterhergezogen. Won Da Pie buckelte und bockte, dass es nur so krachte! Manchmal war er mit allen vier Beinen in der Luft, schlug aus, verdrehte seinen ganzen Körper und quiekte dabei.

Nach ein paar Minuten schien er genug Dampf abgelassen zu haben, doch nun raste er wie ein Rennpferd um uns herum. Urplötzlich stoppte er, schnaubte laut und sah uns mit gespitzten Ohren an. Seine Flanken pumpten, sein Fell war feucht vom Schweiß.

»Donnerwetter«, sagte Nicolas. Die Zigarette in seinem Mundwinkel war mittlerweile erloschen.

Er ließ den braunen Wallach noch einmal auf der anderen Hand gehen. Irgendwann fiel Won Da Pie vom Galopp in den Trab. Er hatte raumgreifende, schwungvolle Gangarten. Im Trab zog er die Vorderbeine sehr hoch, fast wie ein Hackney, den ich einmal vor einer Kutsche beim Pfingstturnier in Wiesbaden gesehen hatte. Knieaktion nannte man das, und es gefiel mir gut.

»So.« Nicolas rollte die Longe auf, bis das Pferd neben uns stand. Er reichte mir Longe und Peitsche, gurtete nach, entwirrte die Zügel und zog die Steigbügel herunter. »Jetzt wollen wir mal sehen, wie er sich unter dem Sattel benimmt.«

Doch so weit sollte es nicht kommen. Won Da Pie verdrehte die Augen und sah Nicolas misstrauisch an. Als der Reitlehrer den Fuß in den Steigbügel stellte, machte er einen heftigen Satz zur Seite und begann zu zittern.

»He, he, Junge. Was hast du denn?« Nicolas sprach beruhigend auf das Pferd ein. »Na komm, ich tue dir doch nichts … ganz ruhig!«

Aber es wollte ihm nicht gelingen, in den Sattel zu steigen. Jedes Mal sprang Won Da Pie zur Seite. Er zitterte und begann zu schwitzen, seine Augen waren weit aufgerissen.

»Charlotte«, sagte Nicolas schließlich atemlos, »geh und hol Thierry. Es wäre doch gelacht, wenn wir dieses Pferd nicht reiten könnten!«

Ich lief nach vorne zum Haus. Thierry saß im Büro am Schreibtisch, die Füße auf der Tischplatte und sein Handy am Ohr. Als er mich erblickte, zog er spöttisch die Augenbrauen hoch.

»Was gibt's?«, fragte er unfreundlich.

Ich sparte mir auch einen Gruß.

»Nicolas braucht dich«, richtete ich aus. »Wenn's geht, sofort.«

Thierry rollte die Augen und sagte noch etwas ins Telefon, dann klappte er das Handy zu und ging an mir vorbei, ohne mich noch eines Blickes zu würdigen. So ein eingebildeter Affe! Es geschah ihm ganz recht, dass er vom Pferd gefallen war.

Ich stellte mich an den Zaun des Paddocks neben Véronique, Cécile, Sophie und Rémy. Thierry hatte sich eine Reitkappe aufgesetzt und Chaps angezogen, und wir sahen gespannt zu, wie er nun vergeblich versuchte, in den Sattel zu gelangen. Mittlerweile war Won Da Pie einer Panik nahe.

»Charlotte, komm her!« Nicolas war am Ende seiner Geduld. Ich kletterte durch den Zaun und lief zu ihm.

»Du hältst ihn jetzt am Kopf«, befahl Nicolas mir. »Leg deine Hand über sein linkes Auge und sprich mit ihm. Lass ihn nicht los, bevor ich es dir sage, verstanden?«

Ich nickte und ergriff die Zügel. Won Da Pie sah mich aus flackernden Augen an, sein Fell war klatschnass, weißer Schaum tropfte ihm vom Hals und die Adern traten fingerdick unter seiner Haut hervor. Doch er schien sich zu beruhigen, als ich nun mit ihm sprach und vorsichtig die Hand über sein linkes Auge legte, damit er nicht sah, was sich neben ihm abspielte. Im Bruchteil einer Sekunde hatte Nicolas Thierry in den Sattel gehoben. Es dauerte allerdings keine drei Sekunden, bis Won Da Pie merkte, dass man ihn überlistet hatte.

»Lass los!«, rief Nicolas mir zu.

Thierry hatte die Zügel kurz genommen und saß locker im Sattel. Won Da Pie stand stocksteif da, seine Flanken pumpten heftig und er hatte die Ohren flach angelegt. Plötzlich riss er den Kopf hoch und rannte los. Er bockte wie ein Rodeopferd. Ein schlechterer Reiter als Thierry wäre sofort aus dem Sattel geflogen.

Ich war entsetzt und fühlte tiefes Mitleid mit dem Pferd. Es hatte Angst!

Thierry hielt sich tapfer ein paar Runden auf dem Rücken des Braunen, doch irgendwann verließ ihn die Kraft. Er beschrieb einen hohen Bogen, bevor er mit einem dumpfen Knall auf dem sommerharten Boden landete.

»Das gibt's doch gar nicht! So ein Mistvieh!«, fluchte Nicolas und lief zu seinem Neffen, der sich schon wieder aufgerappelt hatte.

Won Da Pie war unterdessen stehen geblieben. Seine Ohren zuckten nervös vor und zurück.

»Komm her«, sagte ich leise und streckte die Hand aus. »Komm her zu mir, Won Da Pie!«

Zu meinem Erstaunen trabte er an und kam tatsächlich zu mir. Er stupste mich an und rieb seine nasse Stirn an meinem Oberarm. Das Vertrauen, das mir dieses Pferd ganz plötzlich und unerwartet entgegenbrachte, überwältigte mich. Won Da Pie war kein Mistvieh und kein Teufel. Vielleicht hatte er einfach Angst vor Männern! So etwas gab es. Ich erinnerte mich, dass Herr Lauterbach und Alex, der Sohn des zweiten Vorsitzenden, im Casino einmal über ein solches Pferd gesprochen hatten. Wenn der Besitzer auf Turnieren reiten wollte, musste seine Frau dem Pferd immer die Augen zuhalten, bis ihr Mann im Sattel saß.

Nicolas diskutierte am Zaun mit Véronique und den anderen. Thierry fluchte laut herum.

»Lässt du mich auf dir reiten?«, fragte ich Won Da Pie leise.

Der Wallach schnaubte und stupste mich erneut an.

Ich war immer ein Angsthase gewesen, aber ich wollte nicht, dass sie Won Da Pie noch weiter quälten. Mehr als von ihm runterfallen konnte ich schließlich nicht, und ich war schon so oft von Farina und Hanko gestürzt, dass ich es nicht mehr zählen konnte. Ich holte tief Luft und nahm meinen ganzen Mut zusammen.

»Sei brav«, bat ich das Pferd und setzte meinen Fuß in den Steigbügel.

Drei Sekunden später saß ich im Sattel.

Won Da Pie drehte seinen Kopf und schnupperte an meiner Fußspitze.

»Ich bin's«, sagte ich. »Siehst du, du musst vor mir keine Angst haben.«

Vorsichtig drückte ich die Schenkel an seinen Bauch, und er setzte sich ruhig im Schritt in Bewegung. Ich sah die fassungslosen Blicke von Nicolas, Véronique, Thierry, Sophie, Cécile und Rémy, als ich das Pferd neben ihnen anhielt.

»Jetzt schaut euch das an«, sagte Nicolas. »Und ich habe geglaubt, unsere kleine Charlotte wäre ängstlich!«

»Pah!« Thierry machte eine wegwerfende Handbewegung. »Der Gaul hat sich ausgetobt, das ist alles.«

»Das glaube ich nicht.« Nicolas betrachtete sein Pferd und mich prüfend. »Er vertraut Charlotte. Sophie, hol eine Reitkappe!«

Sophie rannte davon und kam wenig später zurück. Sie reichte mir die Kappe und ich setzte sie auf.

»So«, sagte Nicolas. »Nun nimm die Zügel etwas kürzer und reite ihn eine Runde um die Bahn!«

Ich tat, wie mir geheißen, obwohl mein Herz wie verrückt gegen meine Rippen schlug. Nach zwei Runden Schritt ließ Nicolas mich antraben. Won Da Pies Bewegungen waren federnd und schwungvoll, sein Maul war sehr weich. Ich blickte auf seine Ohren, die sich aufmerksam bewegten. Er bog den Hals und kaute am Gebiss. Nichts war mehr übrig von seiner Angst. Locker und geschmeidig trabte er mit mir durch den Paddock. Er reagierte viel feiner auf die Hilfen als die abgestumpften Schulpferde, die ich gewohnt war.

»Lass ihn angaloppieren!«, hörte ich Nicolas' Stimme.

Ich nahm den äußeren Schenkel zurück und drückte den inneren Schenkel an Won Da Pies Bauch. Das Pferd quiekte und machte einen übermütigen Satz, bei dem ich beide Bügel verlor. Ich trug nur eine Jeans und Turnschuhe und hatte in dem flachen Sattel keinen Halt. Won Da Pie schlug aus, als ich ihm meine hochgezogenen Absätze in den Bauch bohrte. Die Zügel waren mir längst durch die Finger geglitten, ich rutschte auf die Seite und beim nächsten Galoppsprung landete ich ziemlich unsanft genau da, wo auch vorhin Thierry gelandet war.

Etwas benommen blieb ich einen Moment sitzen. Won Da Pie stoppte und blickte sich erstaunt nach mir um.

»Ist alles okay?« Nicolas kam mit besorgtem Gesicht durch den Paddock auf mich zu.

Ich nickte und stand auf. Das würde einen dicken blauen Fleck geben, aber alle Knochen waren heil. Ich ging zu Won Da Pie zurück, der mich neugierig anblickte, und ergriff seine Zügel.

»Du ziehst die Knie hoch«, erklärte Nicolas mir, als ich wieder im Sattel saß. »Deswegen hast du auch die Steigbügel verloren. Dazu hast du ihn dauernd mit deinen Absätzen gekitzelt. Versuch es noch einmal!«

Won Da Pie war wahrhaftig kein Schulpferd! Sein Galopp war weit ausgreifend und schwungvoll. Daran musste ich mich erst gewöhnen. Fast wäre ich auch beim zweiten Versuch heruntergefallen.

»Genug für heute«, sagte Nicolas, als ich das Pferd gerade rechtzeitig durchparieren konnte. »Morgen ziehst du Reithose und Stiefel an, dann wird es besser gehen.«

»Ich darf ihn wieder reiten?«, fragte ich freudig überrascht. Nach dieser Vorstellung hatte ich befürchtet, Nicolas würde mich höchstens noch einmal auf Caramel reiten lassen.

»Natürlich«, antwortete der Reitlehrer. »Abgesehen davon, dass du die Einzige zu sein scheinst, die er auf seinem Rücken duldet, hast du es gar nicht so schlecht gemacht. Also – morgen früh, zehn Uhr. Okay?«

»Okay!« Ich strahlte und klopfte Won Da Pie überglücklich den Hals. Das war besser als jeder Reitabzeichenlehrgang im Reitstall!

Nur nicht aufgeben!

Der Wecker zeigte Viertel nach fünf, als ich aufwachte. Noch vier Stunden, bis ich in den Club fahren konnte, um Won Da Pie zu reiten! Ich war so aufgeregt wie vor meiner ersten Springstunde und hatte in der Nacht wirres Zeug geträumt. Eine Weile versuchte ich noch, wieder einzuschlafen, und wälzte mich unruhig hin und her, bis Cathrin mich in die Seite boxte.

»Mann, du hast mich geweckt«, murmelte sie schlaftrunken. »Wie spät ist es?«

»Halb sechs«, antwortete ich.

»Was ist denn?«

»Nichts. Schlaf weiter.«

Ich stand auf, schlüpfte in Shorts, Sweatshirt und Flipflops und schlich aus dem Zimmer. Vorsichtig öffnete ich die Tür, um meine Brüder, die im Nachbarzimmer auch noch tief und fest schliefen, nicht zu wecken. Einen Moment blieb ich oben auf der Treppe stehen und atmete tief die frische, kühle Luft ein. Die Sonne war noch nicht aufgegangen, es herrschte ein seltsam unwirkliches Zwielicht. Über den Kartoffeläckern und den Salzsümpfen hingen zarte Nebelschleier. Ich liebte diese frühe Stunde, bevor der Tag begann. Der Kies knirschte unter meinen Füßen, als ich um das Haus herumging. Die hellblauen Schlagläden vor den Fenstern und der Tür waren geschlossen, also setzte ich mich in einen der Liegestühle, dessen Stoff feucht war vom Tau der Nacht. Im Osten schob sich die Sonne langsam über den Horizont und tauchte den Himmel in ein rosafarbenes Licht. Die Sterne verblassten, irgendwo krähte ein Hahn. Ich dachte über Won Da Pie nach und darüber, dass der Tag, an dem ich ihn verlassen musste, unerbittlich näher rückte.

Irgendwann schlief ich ein und wachte erst anderthalb Stunden später auf, als die Haustür aufging und Alissa mich fröhlich anbellte. Beim Frühstück bekam ich nur ein Stück Baguette mit Butter herunter und schwang mich schließlich um acht Uhr aufs Fahrrad. Wozu noch lange hier herumsitzen und mir die blöden Bemerkungen von Phil anhören?

Die Reitstunde mit Won Da Pie geriet zu einer mittleren Katastrophe, daran änderten auch Reithose und Stiefel nichts. Ich war nervös und unkonzentriert, und dass Véronique, Cécile, Sophie, Rémy und sogar Thierry zuschauten, machte es nicht besser. Schon nach einer Viertelstunde rann mir der Schweiß in die Augen. Wie der letzte Anfänger trabte ich auf dem falschen Fuß leicht, plumpste dem Pferd immer wieder ungeschickt in den Rücken und war kaum mehr als ein hilfloser Beifahrer. Nicolas gab mir geduldig Tipps, aber schließlich verließ mich die Kraft. Ich ließ die Zügel lang und klopfte Won Da Pie den Hals.

»Das war doch für den Anfang gar nicht schlecht«, lobte

Nicolas. »Er ist nicht ganz einfach zu reiten und viel sensibler als die Schulpferde, die du bisher geritten hast, nicht wahr?«

Ich nickte und lächelte.

»Ha! Der Mehlsack lernt's nie«, sagte Thierry, gerade so laut, dass ich es hören konnte. Er grinste verächtlich und sprang vom Zaun, auf dem er gehockt hatte.

Mehlsack! Wie konnte er nur so gehässig sein? Mir schossen die Tränen in die Augen und ich saß eilig ab. Gerade eben war ich noch so stolz gewesen! Sie alle hier waren freundlich zu mir. Alle, bis auf Thierry! Was hatte ich ihm getan, dass er so gemein zu mir war?

Ich führte Won Da Pie aus dem Paddock, sattelte ihn ab und versorgte ihn. Véroniques Einladung zum Mittagessen lehnte ich mit der Ausrede, meine Eltern würden mich erwarten, ab und schnappte mein Fahrrad. Thierry wollte ich heute nicht mehr über den Weg laufen. Seine boshafte Bemerkung hatte mich tief verletzt, aber sie hatte mir auch vor Augen geführt, wie weit es mit meinen Reitkünsten wirklich her war. Eine gute Reiterin war ich noch lange nicht!

Zu Hause packte ich meine Badesachen ein und trottete niedergeschlagen zum Strand.

»Oh, welch seltener Besuch!«, rief Phil, als ich bei meiner Familie ankam und meine Tasche in den Sand warf.

Mein großer Bruder ließ noch ein paar dumme Sprüche folgen und ich wollte gerade wieder zurück zu unserem Ferienhaus gehen, um meine Ruhe zu haben, als jemand vorschlug, Volleyball zu spielen. Warum nicht? Ich war zwar kein Ass, aber es ging ja auch mehr um den Spaß. Zusammen mit Couasnons spielten wir eine Art Volleyball, wobei sich das Match zum größten Teil im Wasser abspielte. Später ging es am Strand weiter mit einem selbst erfundenen Ballspiel, das von den Regeln her entfernt an Brennball erinnerte. Wir spielten Deutschland gegen Frankreich, bis jede Mannschaft ein paarmal gewonnen oder verloren hatte.

Um halb vier hatten sich Phil und Olivier beim Surfverleih »Loc' Wind« vorne in der Bucht Surfbretter reserviert. Papa und Jean-Paul waren neugierig und gingen mit, Cathrin, Hélène und ich schließlich auch.

Eine ganze Clique junger Leute scharte sich um den Stand des Surfverleihs. Musik dröhnte aus einem Radio. Ein junger Mann in einem runtergerollten Neoprenanzug nahm zwei *planches*, Surfbretter, aus dem Gestell und händigte sie meinem Bruder und Olivier aus.

»Hallo, Mehlsack!«, rief auf einmal jemand und ich zuckte zusammen.

Mitten zwischen den braun gebrannten Jungen und Mädchen rekelte sich ausgerechnet Thierry auf seinem Handtuch. Ich wurde blutrot. Alle gafften mich neugierig an. Ich hasste es, so im Mittelpunkt der Aufmerksamkeit zu stehen.

»Wieso Mehlsack?«, rief ein anderer Junge. »Die sieht doch ganz schnuckelig aus!«

»Dann müsstet ihr sie mal auf einem Gaul sitzen sehen«, erwiderte Thierry grinsend, und alle lachten.

Da packte mich eine wilde Wut. Dieser eingebildete Schnösel konnte was erleben! Ich marschierte zu ihm hin und stemmte die Hände in die Seiten.

»Du bist doch bloß sauer, weil ich dich neulich beim Wettrennen geschlagen habe!«, rief ich so laut, damit es jeder hören konnte, und lächelte spöttisch. »Und dann bist du sogar noch vom Pferd gefallen – wie ein Sack Kartoffeln!«

Thierry sprang auf. Er grinste nicht mehr, sondern sah richtig wütend aus. Und ziemlich süß, wie ich insgeheim zugeben musste.

»He, Thierry, das hast du uns gar nicht erzählt!«, rief eine Dunkelhaarige. »Ich denke, du bist so ein toller Reiter?«

»Hast du nicht gestern erst behauptet, du würdest immer gewinnen?«, fragte ein anderes Mädchen.

»Ein Mädchen hat dich beim Rennen geschlagen, oje!«, spottete einer der Jungen.

»Und vom Pferd ist er auch noch gefallen!«

»Puh, Thierry, schwache Leistung!«

Mein Herz klopfte heftig, aber mir gelang ein Grinsen und ich verschränkte die Arme vor der Brust. Ich hatte Thierry bloßgestellt und nun amüsierte sich seine ganze Clique über ihn. Das konnte er überhaupt nicht vertragen.

»Du blöde Kuh!«, zischte Thierry, als er vor mir stand. »Das werde ich dir heimzahlen!«

Ich hätte mir gewünscht, wir könnten Freunde sein, doch danach sah es nicht aus.

»Du hast doch angefangen«, erwiderte ich. »Warum machst du dich immer über mich lustig? Ich habe dir doch gar nichts getan!«

Einen Moment funkelte Thierry mich zornig an, während die jungen Leute hinter ihm lachten und grölten. Aber in seinen unglaublich blauen Augen lag noch ein anderer Ausdruck als Wut, etwas, das mich irritierte. Ich senkte den Blick und Thierry erinnerte sich wieder an sein Macho-Image.

»Dämliche Weiber«, knirschte er und wandte sich ab.

Phil und Olivier hatten mittlerweile ihre Surfbretter fertig gemacht und schoben sie ins tiefere Wasser. Ich beobachtete, wie sie auf die Bretter kletterten und die Segel aus dem Wasser zogen. Das sah schon ziemlich gut aus. Wenig später surften die beiden aus der Bucht hinaus.

Ich ging zu Papa, Jean-Paul, Hélène und Cathrin. Hinter mir johlten und pfiffen die Jugendlichen noch immer, aber sie meinten nicht mich, sondern ihren Kumpel Thierry, der jetzt irgendwie seinen Ruf retten musste. Mit dem »Mehlsack« hatte er sich eben ein schönes Eigentor geschossen!

»Kennst du diese Leute?«, fragte Papa mich erstaunt.

»Nur einen.« Ich wies mit einem Kopfnicken auf Thierry, der eben wütend sein Surfbrett startklar machte. »Das ist der Neffe von Nicolas und Véronique.«

»Warum ist er so unfreundlich zu dir?«, wollte Cathrin wissen.

»Weil ich ihn beim Wettrennen geschlagen habe und er danach sogar noch vom Pferd gefallen ist«, erklärte ich.

»Er sieht voll cool aus«, stellte Cathrin fest und beobachtete Thierry, der sich nun weitaus gekonnter als Phil und Olivier auf das Surfbrett schwang und davonrauschte.

»Das täuscht«, versicherte ich meiner jüngeren Schwester. »Er ist ein ganz ekliger Kerl.«

Meine Laune hatte sich allerdings bedeutend gebessert.

Thierry hatte seine Retourkutsche bekommen und würde sich noch einige Male von seinen Freunden aufziehen lassen müssen. Ich war gespannt, wie er sich mir gegenüber verhalten würde, wenn ich ihm das nächste Mal im Club begegnete.

Am Abend grillten wir zusammen mit Couasnons und anderen deutschen und französischen Freunden meiner Eltern bei uns vor dem Haus. Wir spielten noch ein paar Runden Canasta und Phil, Cathrin und ich gingen später zusammen mit Olivier und Hélène an die Klippen. Dort saßen wir auf den Felsen, die noch immer die Wärme der Sonne ausströmten, sahen zu, wie die Sonne hinter dem Horizont im Meer versank, und lauschten dem Rauschen der Brandung.

Als wir später den Strand entlangschlenderten, huschte der Strahl des Leuchtturms von der Île du Pilier immer wieder über das Meer und den Strand. Der Sand war weich und fein wie Puderzucker zwischen den Zehen. In den Dünen zirpten die Grillen und in den Pinien in der Bucht rief eine Eule. Die Sichel des Mondes war nun klar und gelb. Am Zeltplatz der Ferienkolonie trennten sich unsere Wege: Olivier und Hélène bogen links in die Rue du Moulin Rouge ein, Phil, Cathrin und ich hatten nur noch fünfhundert Meter Straße vor uns. Der schöne Abend hatte sogar meinen großen Bruder, der sonst dauernd meckerte, weil er seine Kumpels, seinen Computer und sein Moped vermisste, friedlich gestimmt und wir waren einhellig der Meinung, dass Noirmoutier die schönste Insel der Welt war. Ich dachte flüchtig an den Reitstall, an Dorothee und Inga, bei denen ich mich nicht ein einziges Mal gemeldet hatte, doch viel aufregender war der Gedanke an die morgige Reitstunde mit Won Da Pie!

Der Schweiß rann mir in die Augen, meine Arme schmerzten und die Innenseiten meiner Oberschenkel und Knie fühlten sich an wie rohes Fleisch. Die übergeschlagenen Steigbügel klirrten links und rechts des Sattels. Bei jedem Trabtritt von Won Da Pie bekam ich einen unsanften Stoß, der mir durch das Rückgrat direkt ins Gehirn zu schießen schien.

Das halte ich nicht mehr lange durch, dachte ich, gleich falle ich runter. Ich kann nicht mehr! Ich kann nicht mehr!

»Und jetzt: leichttraben!«, kommandierte Nicolas und beobachtete mich mit kritischem Blick.

Auch das noch! Leichttraben ohne Steigbügel auf einem Pferd wie ein Pulverfass! Won Da Pie wurde immer schneller, je unsanfter ich ihm in den Rücken plumpste. Das wollte er nicht! Er wollte fein geritten werden. Aber ich war wirklich am Ende meiner Kraft. Seit knapp zwanzig Minuten gab mir Nicolas unerbittlich einen Befehl nach dem anderen. Sitz gerade, Hände tief, locker sitzen, Kopf hoch, Bein lang, Absatz tief, gerade sitzen! Zieh nicht die Schultern hoch – locker sitzen! Locker aus der Hüfte mitschwingen! Bein lang, Knie zu, Absatz tief, Absatz tief, Absatz tief! Ja, wie denn das bloß? Wenn ich die Knie zumachte, zog ich automatisch mein Bein und den Absatz hoch!

»Charlotte!«, rief Nicolas. »Jetzt setz dich auf dein Hinterteil und fall um Gottes willen nicht immer nach vorne!

Tief sitzen und ruhig mit der Hand! Warum fuchtelst du so mit den Fäusten herum?«

Zu Hause, in der Abteilung, war das Reiten doch etwas ganz anderes! Der Reitlehrer schaute nach sieben, acht oder zehn Reitern, da konnte man zwischendurch schon mal pfuschen und krumm im Sattel sitzen oder einfach leichttraben, wenn man aussitzen sollte. Die meisten Schulpferde waren bessere Schaukelpferde, die längst gelernt hatten, einen unruhigen Sitz und einen klopfenden Schenkel zu ignorieren.

Won Da Pie dagegen reagierte auf jeden meiner Fehler wie ein Seismograf! Er wurde sofort schneller, legte sich aufs Gebiss oder schlug mit dem Kopf, bis ich das Gefühl hatte, mir würden die Arme aus dem Körper gerissen. Und wenn es Won Da Pie zu arg wurde mit meinen Absätzen, warf er mich kurzerhand ab. Allein bei der ersten Reitstunde hatte ich drei Mal im Dreck gelegen.

»Schritt!«, rief Nicolas endlich, und ich parierte das Pferd dankbar durch. Keine Faser meiner Kleidung war mehr trocken, ich schnappte nach Luft und war dunkelrot im Gesicht. Sollte Reiten nicht eigentlich Spaß machen?

»Sehr angestrengt hast du dich bisher noch nie beim Reiten, hm?«, meinte Nicolas, als ich mich wieder einigermaßen erholt hatte. Ich fühlte mich ertappt und zuckte nur mit den Schultern.

»Egal was man gut können will«, sagte Nicolas, »man muss bereit sein, sich zu quälen. Weitermachen, wenn man meint, dass es nicht mehr geht. Und wollen! Wollen muss man! Verstehst du?«

Ich nickte kläglich.

»Du sitzt zwar auf den ersten Blick ganz schön auf dem Pferd«, fuhr Nicolas mit beschämender Ehrlichkeit fort, »aber du sitzt nur drauf. Du hast keinerlei Einwirkung auf das Pferd. Willst du es wirklich lernen?«

Was für eine Frage!

»Ja.« Ich klopfte Won Da Pie den Hals, der noch nicht einmal feucht war.

»Gut.« Nicolas grinste. »Dann machen wir heute Nachmittag noch einmal eine Longenstunde mit Caramel. Ohne Sattel.«

Ich nickte wieder und saß ab. Fast wären mir die Beine eingeknickt. Mehlsack, dachte ich wieder. So Unrecht hatte Thierry nicht.

»Du Arme«, meinte Sophie mitfühlend, als ich am Nachmittag Caramel für meine Longenstunde putzte und auftrenste, »jetzt hat mein Onkel endlich ein Opfer gefunden.«

»Wieso Opfer?« Ich warf dem Mädchen einen misstrauischen Blick zu.

»Als Reitlehrer ist er berüchtigt«, erklärte Sophie. »Er hat das Reiten beim Cadre Noir gelernt und war dort ein paar Jahre Ausbilder, bevor er sich selbstständig gemacht hat. Ich finde, er ist der beste Reitlehrer, den es gibt. Zwar schindet er einen bis zum Umfallen, aber man kann eine Menge bei ihm lernen. Nur wenn er merkt, dass sich jemand keine Mühe gibt, dann ist derjenige bei ihm untendurch.«

Vom Cadre Noir, der berühmten französischen Reitschule in Saumur, hatte ich schon gehört und gelesen. Die besten Reiter Frankreichs hatten dort ihre Ausbildung erhalten.

»Hm«, ich streichelte nachdenklich Caramels Nase, »ich muss doch dann ein Graus für ihn sein, so wie ich auf dem Pferd hänge.«

»In vierzehn Tagen ist das nicht mehr so«, versicherte mir Sophie wenig ermutigend. »Entweder du gibst nämlich vorher auf oder du sitzt im Sattel wie eine Amazone.«

Du hast schon so viele Dinge mit Feuereifer angefangen und dann nie weitergemacht, hörte ich meinen Vater in Gedanken zu mir sagen. *Ich erinnere dich nur an das Klavierspielen, Basketball, Judo oder Voltigieren ...* Ja, mit allem hatte ich angefangen, aber als es schwieriger geworden war, hatte ich wieder aufgehört. Ich war immer zu bequem gewesen, mich tatsächlich für etwas zu quälen. Das, was mir nicht einfach zuflog, hatte ich immer gemieden. Und nun stand ich bei meinem geliebten Reitsport vor der Entscheidung.

Nicolas hatte recht, wenn er vermutete, dass ich mich bisher niemals richtig angestrengt hatte. Selten hatte ich bei einer Reitstunde mal länger ausgesessen als zwei Runden, weil ich dann Seitenstechen bekam. Immer noch, nach drei Jahren, ritt ich in einer Anfängergruppe. Beate und Bille waren schon längst weiter als ich, und nach dem Sommer würden auch Dorothee, Inga, Oliver und Karsten besser sein! Reichte es mir, gerade mal auf dem Pferd sitzen zu können, um durchs Gelände zu schaukeln, oder wollte ich lernen, ein schwieriges Pferd wirklich zu beherrschen? In meinen Tagträumen, in die ich mich nach einer misslungenen Reitstunde zu flüchten pflegte, war ich die Heldin: mutig, souverän, wortgewandt und eine blendende Reiterin. Die Wirklichkeit war deprimierend anders.

»Bist du so weit, Charlotte?«, fragte Nicolas im Vorbeigehen, und ich nickte.

Ja, ich war so weit. Eine Möglichkeit wie diese würde sich mir niemals wieder bieten! Mit einer Reitstunde pro Woche in der Reithalle würde ich nicht das lernen, was mir Nicolas beibringen konnte. Ich sah Thierry durch den Paddock schlendern. Auch das noch! Da holte ich tief Luft, straffte die Schultern und führte Caramel in die Reitbahn. Ich würde nicht aufgeben. Jetzt erst recht nicht!

OHNE SCHWEIß KEIN PREIS

Ich war in diesem Sommer das einzige »Opfer« von Nicolas, und er widmete sich mir mit wahrem Enthusiasmus. Tag für Tag kämpfte ich mit Won Da Pie, aber ich ritt nicht nur ihn, sondern auch die anderen Pferde. Außerdem ließ mich Nicolas Sitzübungen mit oder ohne Sattel auf Caramel und Lucky Luke machen und mit Kébia ohne Steigbügel und Zügel durch eine Reihe von kleinen Hindernissen springen. Vier Tage konnte ich vor Muskelkater kaum laufen. Es gab keine einzige Stelle an meinem Körper, die nicht entweder schmerzte oder wund war.

Aber die Quälerei zeigte erste Erfolge. Situationen, in denen mir noch vor einer Woche der Angstschweiß ausgebrochen wäre, ließen mich mittlerweile kalt. Auf Won Da Pies Ausschlagen beim Angaloppieren war ich nun vorbereitet, auch das plötzliche Scheuen aus unersichtlichen Gründen brachte mich nicht mehr aus dem Gleichgewicht. Am fünften Tag bemerkte ich, dass mein Körper automatisch begann, auf dem Pferd die richtige Haltung anzunehmen. Darauf hatte ich mich sonst immer verkrampft konzentrieren müssen.

Nicolas war ein harter, aber gerechter Lehrer. Sein Lob, selten wie ein Sonnenstrahl an einem regnerischen Novembertag, machte mich unendlich stolz. Im Laufe der Reitstunden wurde seine Kritik seltener und weniger vernichtend. Ich störte das Pferd nicht länger im Maul, wenn ich aussitzen musste oder galoppierte. Mein Steigbügel konnte ich drei Löcher länger schnallen, ohne die Bügel von der Fußspitze zu verlieren. Ich spürte, ob ich im falschen oder richtigen Galopp war, und musste nicht länger minutenlang auf die äußere Schulter des Pferdes starren, um festzustellen, ob ich auf dem richtigen Fuß leichttrabte. Nicolas verlagerte seine Kritik nun von meinem Sitz auf meine Einwirkung aufs Pferd. Einige Male ließ er mich auf Gosse d'Irlande reiten, denn Won Da Pie ging sehr leicht am Zügel.

»Das ist mit ihm keine Kunst«, behauptete Nicolas, »aber wenn du das bei Gosse hinbekommst, dann bist du auf dem Weg der Besserung.« Dabei grinste er harmlos.

Gosse stemmte sich beharrlich gegen meine Hand. In meiner Verzweiflung zog ich immer stärker an den Zügeln.

»Lass die Zügel locker!«, donnerte Nicolas. »Annehmen und nachgeben! Halbe Paraden am äußeren Zügel und vergiss deine Beine nicht! Herrje, Charlotte, deine Beine! Benutze sie doch mal! Kreuz anspannen und locker lassen …«

Er ließ mich Volten, Schlangenlinien und Zirkel reiten und immer wieder die Hand wechseln. Ich lernte, das Pferd nicht nur am Zügel herumzuziehen, sondern mit Schenkel- und Gewichtshilfen zu lenken.

An einem Nachmittag, an dem ich Gosse d'Irlande beinahe hasste, klappte es endlich. Am liebsten hätte ich dem großen Braunen grob im Maul gerissen und die Schenkel gegen seinen Bauch gebolzt, wie ich es manchmal verzweifelt bei Brutus oder Farina tat. Ich saß schon zwanzig Runden aus. Meine Zähne klapperten gegeneinander, so gemein schüttelte mich dieses Vieh durch. Doch dann geschah ein Wunder! Ich spürte, wie er nachgab. Sein harter Rücken begann zu schwingen, er fing an zu kauen und bog den Hals, der bis dahin wie ein fester Baumstamm vor mir aufgeragt war.

»Spürst du es?«, schrie Nicolas begeistert, als hätte ich soeben die Goldmedaille bei den Olympischen Spielen errungen. »Spürst du, wie er nachgibt und untertritt, dieser sture Klotz?«

Ich nickte konzentriert. Nur weich bleiben mit der Hand, nicht ziehen! Druck erzeugt Gegendruck! Mit Gewalt kann man kein Pferd zwingen, etwas zu tun. Dazu fehlte mir auch die Kraft. Ich hatte es lange genug so versucht und niemand hatte mir vorher erzählt, wie es besser ginge.

Kurz dachte ich an Herrn Kessler, der selbst so abgestumpft wie ein altes Schulpferd war. Er machte ohne große Begeisterung eine Reitstunde wie die andere und erduldete stoisch die untalentierten Reiter, weil sie Geld in die Kasse des Vereins einbrachten. Vielleicht sagte er mal so etwas wie »Bolz nicht so mit den Schenkeln!« – aber was man stattdessen tun sollte, das sagte er nicht.

Aus den Augenwinkeln sah ich einige Leute über den Parkplatz kommen. Welchen Spaß es doch machen konnte, Gosse d'Irlande zu reiten! Nie mehr würde ich den klobigen braunen Wallach als sturen Bock ansehen. Es kam wirklich nur darauf an, wie man ihn ritt.

»Hallo, Lotte!«, rief jemand.

Im Vorbeitraben erkannte ich Papa, Mama, Cathrin und Flori am Zaun.

»Hallo!«, rief ich zurück und war stolz, eine so gute Figur auf dem Pferd zu machen.

Nicolas erkannte Papa und ging zu meiner Familie an den Zaun. Ich parierte durch zum Schritt und ritt zu ihnen.

»Wir wollten nur mal unsere Tochter besuchen«, sagte Papa zu Nicolas, der ihm und Mama die Hand reichte. »Sie ist ja nur noch zum Schlafen bei uns.«

»Charlotte ist meine beste Schülerin seit Langem«, sagte Nicolas, und ich wäre fast vor Stolz geplatzt. »Es ist echt schade, dass sie bald wieder nach Hause fahren muss.«

Ich hatte Papa und Mama nicht ausführlich von den Einzelreitstunden erzählt, nur, dass ich ab und zu auf Won Da Pie reiten durfte.

»Ist das Won Da Pie?« Mama deutete auf Gosse.

»Wer?«, fragte Nicolas verwirrt.

»Der Braune«, erklärte ich rasch. »Ich nenne ihn Won Da Pie.«

»Aha.« Nicolas wandte sich wieder meinen Eltern zu. »Nein, das ist Gosse d'Irlande. Charlotte reitet verschiedene Pferde. So lernt man das Reiten am besten.«

»Aber ich habe doch nur zehn Stunden bezahlt«, sagte Papa.

»Charlotte hilft uns so viel, dass ich ihr dafür Reitunterricht gebe«, erwiderte Nicolas. »Hat sie sich noch nicht beschwert, dass ich sie in der letzten Woche so sehr gequält habe?«

»Nein.« Mein Vater grinste. »Das ist ja ganz neu, dass Charlotte sich quält. Normalerweise macht sie es sich lieber bequem.«

»Du bist gemein, Papa«, sagte ich verlegen.

»Na ja«, Nicolas zwinkerte mir zu, »du weißt schon, dass das stimmt, hm?«

Er öffnete das Gatter des Paddocks und lud meine Familie ein, mit zu den Stallungen zu kommen.

Während ich Gosse versorgte, in seine Box brachte und meinen Geschwistern Won Da Pie und die anderen Pferde zeigte, unterhielt sich Nicolas mit Papa und Mama. Véronique kam später auch noch dazu. Cathrin und Flori durften ein paar Runden auf Caramel an der Longe reiten.

»Wie wäre es jetzt noch mit einer Stunde auf – wie nennst du ihn gleich?«, fragte Nicolas.

»Won Da Pie«, antwortete ich und lächelte. »Klar.«

Ich rannte in die Sattelkammer und holte Sattel und Trense. Geputzt hatte ich den braunen Wallach heute Morgen schon, sodass ich zehn Minuten später mit dem gesattelten Pferd auf den Reitplatz kam.

»Ist er nicht ziemlich wild?« Meine Mutter war etwas besorgt. Ich war froh, dass sie normalerweise nicht mit in den Stall kam, wie das andere Mütter taten, die bei jeder Reitstunde ihrer Kinder auf der Tribüne saßen, im schlimmsten Fall noch mit einer Kamera! Mama hatte wenig Zeit, und meine Stürze und Niederlagen hatte ich ihr bisher immer verschwiegen.

»Ja, das war er auch«, bestätigte Nicolas. »Meinen Neffen Thierry oder mich duldet er nicht auf seinem Rücken, dann bockt er wie ein Rodeopferd. Charlotte hat sich mit viel Geduld sein Vertrauen erworben. Sie darf ihn reiten.«

»... obwohl er mich manchmal abwirft«, ergänzte ich, während ich nachgurtete.

Won Da Pie knirschte wie immer mit den Zähnen und schnappte nach meinem Arm. Meine Eltern wichen unwillkürlich einen Schritt zurück.

Ich ritt eine Weile im Schritt in der Reitbahn herum, dann trabte ich an. Bis zum Nachgurten trabte ich leicht, danach saß ich aus. Es folgten verschiedene Bahnfiguren. Was für ein Unterschied war es doch zwischen Gosse d'Irlande und dem quirligen, lebhaften Won Da Pie!

Doch mein Hochgefühl sollte nicht lange anhalten. In einer Ecke der Reitbahn schien sich heute wieder einmal ein für Menschen unsichtbarer Geist zu verstecken. Schon ein paar Meter vor dieser Ecke drängte Won Da Pie nach links und machte sich fest.

Nicolas ließ mich Volten reiten, aber das passte dem temperamentvollen Wallach nicht. Ich war wieder schweißgebadet, bis es mir gelang, Won Da Pie locker um die ganze Bahn zu reiten. Der Reitlehrer erinnerte mich an die Tatsache, dass der Wallach mit sechs Jahren noch ziemlich jung und dazu mitten in den Flegeljahren war.

»Ab und zu will er testen, wer der Stärkere von euch beiden ist«, sagte Nicolas. »Du darfst ihm keinen Ungehorsam durchgehen lassen. Geduld, Geduld und nochmals Geduld. Ohne Einfühlungsvermögen und Konsequenz steigst du besser ab und fährst Fahrrad.«

Das hatte er mir heute sicher schon zehn Mal gesagt.

Ich biss die Zähne zusammen und ritt weiter. Won Da Pie wurde so schnell nicht müde. Eine Dreiviertelstunde Dressurarbeit war gar nichts für ihn! Ich galoppierte und galoppierte, übte Paraden und Übergänge und das Angalopieren aus dem Schritt ohne Bocksprung. Ich sah meine Familie mit bewundernden Blicken am Rande des Reitplatzes stehen und sonnte mich in ihrer Anerkennung. Vielleicht war ich einen Moment zu nachlässig gewesen, auf jeden Fall erinnerte sich Won Da Pie urplötzlich wieder an den unsichtbaren Geist in der Ecke und schlug einen Haken kombiniert mit einem Bocksprung.

Mist!, dachte ich noch im Flug.

Zumindest gelangen mir die Stürze schon recht elegant. Papa und Mama hatten erschrocken aufgeschrien, Cathrin und Flori kicherten.

»Weißt du, was du falsch gemacht hast?«, fragte Nicolas, als ich Won Da Pies Zügel ergriff und mich wieder in den Sattel schwang.

Ich nickte zerknirscht. »Ich war unkonzentriert und habe nicht richtig die Schenkel drangehabt.«

»Genau.« Nicolas nickte. »Denk dran: Er ist eben ein richtiger Lausbub.«

Der Rest der Stunde lief sehr gut, und ich war zufrieden.

Meine Eltern warteten noch, bis Won Da Pie in seiner Box stand, dann packten sie mein Fahrrad in den Passat und ersparten mir so die Strampelei nach Hause.

»Wie findet ihr Won Da Pie?«, fragte ich.

»Ein wirklich schönes Tier«, sagte Mama, »obwohl ich keine Ahnung von Pferden habe. Ich finde, er ist eleganter als das Pferd, das du zuerst geritten hast.«

»Oh ja, allerdings.« Ich lächelte. »Gosse d'Irlande ist gegen ihn ein Kaltblut!«

»Dieser Nicolas ist ein netter Mann.« Papa warf mir einen amüsierten Blick im Rückspiegel zu. »Vor allen Dingen hat er dich durchschaut.«

»Wie meinst du das?«

»Er sagte, er hätte sich auf angenehme Weise in dir getäuscht«, sagte Papa. »Zu Anfang hättest du ziemlich schlecht auf dem Pferd gesessen und hattest Angst ...«

»Hm.« Ich rutschte peinlich berührt hin und her. Musste er das ausgerechnet vor Cathrin und Flori sagen? In den Augen meiner jüngeren Geschwister war ich doch die Superreiterin!

»Aber«, fuhr Papa fort, »er hatte nur lobende Worte für dich. Wie fleißig du wärst und wie geduldig. Die meisten seiner Reitschüler in Paris wären nie mehr wiedergekommen, wenn er sie so getriezt hätte. Du hingegen hättest unwahrscheinliche Fortschritte gemacht in den letzten Wochen. Seiner Meinung nach könntest du eine wirklich gute Reiterin werden, wenn du jetzt so weiterreitest.«

»Wie soll ich das wohl machen mit einer einzigen Reitstunde in der Woche?«, murmelte ich frustriert. »Herr Kessler ist es doch völlig egal, wie ich auf dem Pferd hänge. Hauptsache, er kriegt sein Geld und fertig.«

»Aber du hast doch immer gesagt, er wäre so ein toller Reitlehrer«, mischte Cathrin sich ein.

»Hab ich ja auch gedacht«, erwiderte ich bitter. »Aber jetzt weiß ich es besser. Bei Nicolas habe ich in zwei Wochen mehr gelernt als in drei Jahren im Reitstall. Ich habe überhaupt keine Angst mehr, weil ich jetzt weiß, was ich machen muss, um ein Pferd zu beherrschen. Herr Kessler hat uns so etwas nie beigebracht.«

»Du kannst aber doch sicher auch Einzelreitstunden nehmen?«, bemerkte Mama.

»Vielleicht.« Ich starrte aus dem Fenster. Wenn ich erst wieder im Reitstall in der Abteilung herumgurkte, würde ich bald genauso stumpf an den Zügeln reißen wie früher.

Meine Eltern wechselten einen Blick. Was sie mir erst viel später erzählten, war, dass Nicolas ihnen gesagt hatte, er hielte mich tatsächlich für ein Talent. Am meisten habe ihn beeindruckt, mit welcher Zähigkeit und Begeisterung ich jede Anstrengung in Kauf nehmen würde, um etwas zu lernen. Das war für meine Eltern, die mich anders kannten, ein überraschendes, positives Urteil über mich.

Der letzte Ausritt

Nun waren sie beinahe um, die vier Wochen Frankreich, die mir erst so endlos lang erschienen waren. Wie herrlich war diese Zeit gewesen! Ich hatte das Gefühl, als sei ein halbes Jahr vergangen. Schuldbewusst dachte ich manchmal an Gento. Ich hatte ihn über Won Da Pie ganz vergessen und konnte kaum noch verstehen, dass ich wegen eines Pferdes, das ich noch nicht einmal hatte reiten dürfen, so verzweifelt gewesen war.

So viel hatte ich in diesen vier Wochen über Pferde und das Reiten gelernt! Ich fühlte mich auf dem Pferderücken wie zu Hause, und ich schreckte nicht mehr davor zurück, temperamentvolle und sensible Pferde wie Hirondelle oder Linotte zu reiten. Sogar Thierry hatte ich zum Schweigen gebracht. Mit Won Da Pie und Gosse d'Irlande war ich gesprungen, Steilsprünge, Oxer und Triplebarren. Auch im Gelände fühlte ich mich sehr viel sicherer als zu Beginn der Ferien. Das verdankte ich Nicolas und natürlich Won Da Pie, dem tollsten Pferd, das ich jemals geritten hatte. Ich versuchte, mich auf den Ausritt zu freuen und nicht an den Abschied zu denken.

»Du hast Post«, schreckte mich Phil aus meinen Gedanken.

»Tatsächlich?« Ich betrachtete erstaunt den dicken Briefumschlag. Er war von Dorothee. Kurz meldete sich mein schlechtes Gewissen. Ich hatte ihr nicht ein einziges Mal geschrieben!

Neugierig riss ich den Umschlag auf und überflog die zehn eng beschriebenen Seiten. Meine Freundin berichtete mir über die Ereignisse im Reitstall. Freudels hatten ihren alten Sollux auf die Koppel gebracht, Natimo hatte einen Sehnenschaden und Gentos Box war noch immer frei. Dann schrieb sie vom Reitabzeichenlehrgang. Sie hatte das Reitabzeichen bestanden, im Springen sogar mit 8,5 als Beste von allen. Inga hatte sich schon bei der ersten Springstunde den Arm gebrochen, deshalb hatte sie an dem Lehrgang nicht mehr teilnehmen können. Ich war überrascht, dass ich weder neidisch auf Dorothee war noch über Ingas Missgeschick nachdachte. Eigentlich war es mir ganz egal.

Um vier Uhr klemmte ich einen ganzen Kasten mit Möhren und Äpfeln auf den Gepäckträger des Fahrrads und radelte ein allerletztes Mal zum Club. Da Nicolas mittlerweile sicher war, dass ich Won Da Pie problemlos beherrschte, hatte er mir erlaubt, den braunen Wallach bei meinem letzten Ausritt ans Meer zu reiten. Er war mit Rémy, Cécile und Sophie gestern Abend mit dem Pferdetransporter in die Normandie gefahren und würde heute erst spät zurückkommen. Den ganzen Tag hatte die Sonne vom Himmel gebrannt, aber die angenehme Brise vom Meer her, die die Hitze erträglich machte, war abgeflaut. Kein Lufthauch regte sich, die Sonne stand wie eine fahle Scheibe am bleigrauen Himmel. Immer wieder gerieten mir aufdringliche Mücken in die Augen.

Heute Morgen hatte mir Véronique eine Stunde Unterricht auf Hélice gegeben. Ich war sehr stolz, dass ich Nicolas' bestes Pferd hatte reiten dürfen. Diese letzte Reitstunde wurde eine wirkliche Belohnung für die Quälerei der vergangenen beiden Wochen gewesen: Hélice war ein Traum von einem Pferd. Mit ihm ritt ich die ersten fliegenden Galoppwechsel meines Lebens, die ersten Traversalen und einen Mitteltrab, von dem mir schwindelig wurde. Das konnte Won Da Pie auch alles lernen. Ich seufzte. Allerdings war es mir nicht vergönnt, das zu erleben. Heute würde ich das letzte Mal auf Won Da Pie sitzen, ein letztes Mal seinen schwungvollen Galopp genießen und seine weiche Nase fühlen! Schon morgen musste ich nach Deutschland zurückkehren. Und alles, was dort auf mich wartete, waren die Schule und der Reitstall mit einer einzigen Reitstunde pro Woche. Was blieb, war einzig und allein die Erinnerung an den wohl tollsten Sommer meines Lebens.

Won Da Pie wieherte mir laut entgegen, als ich mit dem Kasten Futter unter dem Arm durch den Paddock ging. Ich betrat seine Box und gab ihm ein paar Möhren.

»Ach, Won Da Pie!« Ich umarmte seinen kräftigen Hals und schmiegte mein Gesicht an sein weiches Fell. »Ich werde dich so sehr vermissen! Hoffentlich geht es dir immer gut …«

Er wandte sich mir zu und fuhr mir mit seiner Schnauze durchs Gesicht. Da war es um mich geschehen und ich begann zu weinen. Ich wollte nicht nach Hause! Ich verfluchte die Tatsache, dass ich noch nicht erwachsen war. Dann wäre ich einfach hiergeblieben. Nie mehr Mathe und nie mehr Physik! Im nächsten Schuljahr kam auch noch Chemie dazu! Wie verlockend schien es dagegen, den ganzen Tag im Pferdestall verbringen zu können!

»Charlotte?« Véroniques Stimme riss mich aus meinem Trübsinn.

Rasch wischte ich mir die Tränen aus dem Gesicht und trat aus der Box.

»Könntest du schnell Gosse, Kébia und Caramel putzen und für den Ausritt satteln?«, bat mich die Reitlehrerin mit besorgter Miene. »Erable hat sich am Bein verletzt, und ich muss die Wunde desinfizieren, bevor sie sich entzündet.«

»Klar, kein Problem.« Ich holte das Sattelzeug von Gosse, putzte den großen Wallach in seiner Box, sattelte und trenste ihn. Dann streifte ich ihm ein Halfter über und band ihn an dem Eisenring neben seiner Krippe an, wie Cécile es auch immer tat. Als Nächstes war Kébia an der Reihe, dann Caramel. Ich war ordentlich ins Schwitzen geraten, als ich zum Schluss auch noch Won Da Pie sattelte. Alles klebte an mir. Durch die feuchte Luft und die Windstille wurde es noch schlimmer.

Um Viertel vor sechs kamen die drei Reiterinnen, die am Ausritt teilnehmen wollten: eine dicke Frau aus England und zwei blasse Mädchen, die wohl ihren Urlaub gerade erst begonnen hatten. Die Mädchen sollten Kébia und Caramel reiten, die dicke Frau Gosse d'Irlande.

»Hast du Thierry irgendwo gesehen?«, fragte Véronique mich, als sie vom Büro zum Stall kam.

»Nein.« Ich zog Won Da Pies Sattelgurt nach und er erwischte mich mit seinen Zähnen am Oberschenkel. Das würde wieder einen netten blauen Fleck geben!

»Es ist furchtbar mit dem Kerl«, schimpfte die sonst so gelassene Véronique. »Er wollte zurück sein, bevor wir losreiten! Er hat Nicolas noch hoch und heilig versprochen, dass er spätestens um halb sechs wieder hier sein wird.«

Um sechs Uhr ritten wir los. Véronique vorneweg mit Iseult de la Vallée, der jungen Rappstute, die nur von Véronique oder Nicolas geritten wurde. Iseult war sehr schwierig, aber Nicolas meinte, sie sei eines der besten Pferde, das er je besessen hätte. Ihr folgten die drei Reiterinnen, ich bildete die Nachhut.

Won Da Pie machte die drückende Hitze auch zu schaffen. Brav trottete er am langen Zügel hinter Kébia her. Ab und zu zuckte er mit dem Fell, um aufdringliche Mücken zu verscheuchen. In den Salzsümpfen waren die Stechmücken noch aggressiver als sonst. Es würde heute sicherlich noch ein Gewitter geben.

Wir trabten an. Ich kannte die Strecken mittlerweile alle auswendig, so oft war ich sie in den letzten vier Wochen entlanggeritten. Wehmütig nahm ich in Gedanken Abschied von jedem Busch und jedem Stein. Das alte schwarze Arbeitspferd auf einer der mageren Weiden wieherte uns wie immer zu. Würde es im nächsten Sommer auch noch hier sein?

Won Da Pie benahm sich mustergültig. Um sieben Uhr erreichten wir den Strand, der schon völlig menschenleer war. Ein paar Surfer versuchten in der Bucht ihr Glück, sie kamen aber kaum vom Fleck, denn auch hier wehte kein Wind. Ohne auf Spaziergänger achten zu müssen, galoppierten wir den ganzen Strand von Luzéronde entlang, trabten um die Landspitze und galoppierten auch noch den Strand von L'Épine hinunter. Véronique ritt ganz oben, wo keine Holzzäune standen. Es schien mir eine Ewigkeit her zu sein, dass ich das Wettrennen gegen Thierry mit Le Zaza gewonnen hatte, dabei lag dieser Abend nur knapp zwei Wochen zurück!

Als wir unsere schwitzenden Pferde wieder die Dünen hochklettern ließen, grollte in der Ferne ein Donner.

»Wenn wir auf dem Rückweg etwas traben, schaffen wir es, vor dem Gewitter wieder im Club zu sein«, meinte Véronique.

Den asphaltierten Weg entlang der Campingplätze mussten wir allerdings im Schritt reiten.

Véroniques Stute begann aufgeregt zu tänzeln. Schreiende Kinder, die sich einen Ball zuwarfen, ein kläffender Hund, ein Mann mit einem Gartenschlauch – das war alles ungeheuer bedrohlich. Won Da Pie hob ebenfalls den Kopf und spannte sich an, aber ich klopfte ihm beruhigend den Hals und ließ die Zügel lang. Die anderen Pferde waren auch nervöser als sonst. Die Stechmücken und Bremsen wurden wie magnetisch vom schweißnassen Fell der Pferde angezogen, und die armen Tiere schüttelten unablässig die Köpfe, schlugen mit den Schweifen und zuckten mit dem Fell.

Plötzlich kam ein kräftiger Wind auf und es wurde dunkler. In heißen Böen fegte der Wind über den Boden und wirbelte den Staub auf. Véronique hatte es nun eilig, nach Hause zu kommen, und trabte an. Da krachte ein ohrenbetäubender Donner. Ausgerechnet Gosse d'Irlande machte einen erschrockenen Satz und galoppierte los. Hilflos zerrte die dicke Engländerin an den Zügeln. Véronique trabte rasch an die Spitze und irgendwann bekam die Engländerin das Pferd wieder unter Kontrolle.

Fast die Hälfte der Strecke durch die Salzsümpfe hatten wir inzwischen zurückgelegt und trabten auf einem schmalen Damm zwischen zwei Salztümpeln, die noch Wasser führten, als ein Blitz zuckte und nicht weit entfernt in einen dünnen Baum einschlug. Gleich darauf krachte ein Donner, der die Erde erbeben ließ. Auch Won Da Pie fuhr zusammen und scheute, aber für Gosse d'Irlande war es zu viel. Voller Panik schoss er nach vorne. Auf dem schmalen Pfad war jedoch kein Platz für zwei Pferde nebeneinander. Ich wollte Véronique zurufen, sie solle aufpassen, doch meine Worte gingen im nächsten Donnerschlag unter. Gosse d'Irlande prallte in vollem Galopp gegen Iseult und drängte sich an ihr vorbei. Die zierliche Rappstute verlor durch den unerwarteten Stoß das Gleichgewicht und stolperte. Voller Entsetzen sah ich sie abrutschen. Ihre schlanken Beine ruderten verzweifelt in der Luft. Sekunden später verschwand sie mit angstvoll aufgerissenen Augen und mitsamt Véronique im brackigen Wasser des Salzsees.

Der Ritt durch den Sturm

Für einen Moment schien alles still zu stehen. Ich sah die erschrockenen Gesichter der beiden Mädchen auf Kébia und Caramel, ich hörte die Engländerin immer wieder »*I'm sorry, I'm sorry!*« rufen. Iseult zappelte wie wild im Wasser, aber ich konnte Véronique nirgendwo entdecken. Nach ein paar Schrecksekunden, in denen ich wie erstarrt auf Won Da Pie gesessen hatte, sprang ich aus dem Sattel, drückte einem der Mädchen die Zügel in die Hand und rannte zu der Unglücksstelle.

Ich war erleichtert, als ich sah, dass es Véronique gelungen war, unter dem Körper der Stute hervorzukriechen. Sie war völlig durchnässt und ganz außer sich. Ich fiel auf die Knie.

»Bist du verletzt?«, schrie ich über das Krachen des nächsten Donners hinweg und streckte ihr meine Hand hin.

»Ich weiß nicht«, schluchzte Véronique und ergriff meine Hand.

Ich zerrte mit aller Kraft, um sie aus dem morastigen Wasser herauszubekommen, aber ich hätte auch versuchen können, einen Baumstamm aus der Erde zu ziehen.

»Es geht nicht!«, keuchte Véronique. »Mein Bein ist eingeklemmt!«

Iseult lag nun ganz ruhig. Ihr Kopf ragte aus dem Wasser, Augen und Nüstern waren weit aufgerissen. Sie hatte einen Schock.

»Oh Gott!« Véronique presste die Stirn gegen die Uferböschung. »Ich glaube, mein Bein ist gebrochen.«

»Hast du dein Handy dabei?«, fragte ich. Ein Hoffnungsschimmer flog über Véroniques Gesicht. Sie tastete mit der freien Hand unter Wasser in den Taschen ihrer Weste und fand tatsächlich das Gerät, aber das Bad im Salzsee hatte es ruiniert. Zu meiner Enttäuschung hatte auch keine der drei anderen Reiterinnen ein Handy dabei.

Véronique brach in Tränen aus.

»Nicolas ist nicht da«, flüsterte sie. »Und wenn nun Iseult etwas passiert ist ...«

War ich bis dahin noch wie gelähmt vor Schreck, so wusste ich plötzlich ganz klar, was ich zu tun hatte. Beim Anblick der weinenden Véronique und des hilflosen Pferdes in der Saline gab es keine andere Möglichkeit. Ich war die Einzige, die sich in diesem Gewirr von schmalen Wegen, Salzsümpfen und Seen auskannte. Ich musste losreiten und Hilfe holen.

Mein Blick fiel auf einen alten Lagerschuppen, keine fünfzig Meter entfernt auf der anderen Seite des Sees. Dort konnten die Engländerin und die beiden Mädchen mit den Pferden Schutz vor dem Gewitter suchen. Véronique und Iseult, die dicht am Boden lagen, waren vor den Blitzen sicher. An mich selbst und daran, dass ein Pferd als höchste Erhebung auf dem flachen Land eine perfekte Zielscheibe für Blitze war, dachte ich keine Sekunde.

»Ich hole Hilfe!«, rief ich Véronique zu.

Die Reitlehrerin presste die Lippen zusammen. »Das ist wohl die einzige Möglichkeit. Aber pass um Gottes willen auf dich auf, Charlotte!«

»Mach dir um mich keine Sorgen«, erwiderte ich. Ich wies den beiden Mädchen und der Frau den Weg zu dem offenen Unterstand aus Holz, der sie vor dem Unwetter schützen würde. Sie saßen ab und führten ihre Pferde den schmalen Pfad entlang.

Won Da Pie tänzelte nervös, als ich meinen Fuß in den Steigbügel setzte und mich in den Sattel schwang. Er wieherte wild und drehte sich so heftig um die eigene Achse, dass ich fast wieder heruntergefallen wäre. Mein Herz klopfte wie verrückt. Won Da Pie wollte nicht alleine weg. Er wieherte nach den anderen Pferden.

»Komm schon!,« rief ich und presste meine Schenkel an seinen Bauch. »Bitte, Won Da Pie!«

Iseult lag unbeweglich im brackigen Wasser, Véronique kauerte schluchzend neben dem Pferd und streichelte das Gesicht der Stute.

Als die ersten schweren Tropfen vom Himmel fielen, entschied sich Won Da Pie dazu, mir zu gehorchen.

Zuerst schlug ich den Weg zur *chèvrerie* ein, um von dort aus zu telefonieren, aber dann fiel mir ein, dass auf dieser Seite des Geländes ein hoher Maschendrahtzaun den Zugang versperrte. Ein Blitz zuckte, gleich darauf folgte ein lauter Donner. Gewitter waren auf Noirmoutier immer besonders heftig.

Won Da Pie legte die Ohren an und scheute.

»Ruhig bleiben«, sagte ich mehr zu mir als zu meinem Pferd, »ganz ruhig. Es passiert schon nichts.«

Was sollte ich tun? Der Weg zum Club war zu weit, außerdem war niemand dort und ich wusste weder die Telefonnummer von einem Tierarzt noch von einem Arzt.

Papa und Mama!

Das war es! Ich musste zu uns nach Hause reiten!

Ich presste die Knie an den Sattel und bog an der nächsten Wegkreuzung nach links ab. Nun öffnete der Himmel seine Schleusen, ein gewaltiger Gewitterregen rauschte vom nachtschwarzen Himmel und verwandelte den steinharten Boden in Sekundenschnelle in einen glitschigen Morast. Blitze zuckten, Donner krachten unablässig. Ich kniff die Augen zusammen und fasste die Zügel fester, doch Won Da Pie schien auch so begriffen zu haben, um was es ging, denn er galoppierte gehorsam weiter.

»Schneller, Won Da Pie!«, rief ich und duckte mich über seinen Hals. »Lauf! Lauf!«

Gleich da vorne begann der Weg, der direkt hinter den Dünen verlief, aber plötzlich tat sich vor uns ein reißender Bach auf. Der Gewitterregen hatte den ausgetrockneten Graben zu einem düsteren, etwa zwei Meter breiten und schnell fließenden Gewässer anschwellen lassen. Wir mussten auf die andere Seite gelangen, egal wie!

Ich konnte kaum noch etwas sehen vor lauter Regen. Won Da Pie zögerte keine Sekunde. Ich gab ihm den Kopf frei, er streckte sich, und wir flogen durch die Luft. Auf der anderen Seite landete er sicher und galoppierte sofort weiter.

Ich hätte vor Erleichterung und Glück jubeln mögen. Was für ein Pferd! Hoffentlich begegnete uns jetzt kein Auto! Ich ließ Won Da Pie auf dem geschotterten Weg galoppieren, was das Zeug hielt. Ich hörte seinen Hufschlag hämmern, spürte seine Kraft und geballte Energie unter mir. In rasendem Galopp ging es vorbei am Zeltlager der Ferienkolonie, vorbei an den Häusern mit Namen wie »Luciole«, »Stella Maris« und »Moulin Rouge«, die ich seit Jahren kannte. Weiter, weiter!

An der Ecke, wo der Schotterweg in eine asphaltierte Straße mündete, kam mir ein Auto entgegen. Ich fing den entgeisterten Blick des Fahrers auf und ließ das Pferd in Trab fallen, damit es auf der nassen Straße nicht ausrutschte. Endlich hatte ich die Auffahrt unseres Hauses erreicht. Keuchend parierte ich Won Da Pie durch und starrte das Haus an. Es lag stockdunkel da. Beide Autos standen neben der Garage.

»Papa?«, rief ich.

Im Haus rührte sich nichts.

Wo waren sie bloß? Alissa hätte längst wie verrückt gebellt, wenn sie da gewesen wäre. Ich hätte vor Enttäuschung fast angefangen zu weinen. Da fiel mir ein, dass wir heute Abend zum Abschiedsessen bei Couasnons eingeladen waren. Ich wendete das Pferd und trabte durch den strömenden Regen die Straße hoch.

Es war nicht weit bis zum Haus unserer Freunde. Ich lenkte Won Da Pie im Schritt an den geparkten Autos vorbei und sah sie alle auf der überdachten Terrasse sitzen. Die nassen Zügel rutschten mir durch die Hände, als ich das

Pferd durchparierte. Alle sprangen überrascht auf, als sie mich erblickten, und Alissa und Zora, der Hund von Couasnons, sprangen bellend auf mich zu. Won Da Pie riss erschrocken den Kopf hoch und machte einen Satz zur Seite.

»Charlotte!«, rief Mama. »Was ist passiert?«

»Véronique ist in den Salzsümpfen verunglückt!«, stieß ich hervor. »Ihr Pferd liegt in einer Saline. Ihr müsst den Krankenwagen rufen und einen Tierarzt! Er muss einen Transporter und ein paar Leute mitbringen, damit sie das Pferd aus dem Wasser bekommen.«

»Steig erst mal ab.« Papa kam zu mir in den Regen, während Jean-Paul sein Handy zückte. Meine Geschwister, Olivier, Hélène und Jerôme starrten mich beeindruckt an.

»Ich kann nicht absteigen!«, rief ich. »Ich muss zur Kreuzung an der *chèvrerie* reiten, damit sie den richtigen Weg finden!«

Won Da Pie tänzelte aufgeregt. So etwas hatte er wohl noch niemals erlebt, außerdem spürte er meine Nervosität. Jean-Paul beendete sein Telefonat und kam auf mich zu.

»Der Krankenwagen ist unterwegs«, verkündete er. »Und der Tierarzt auch. Ich habe ihnen gesagt, dass ein Mädchen auf einem Pferd am Straßenrand auf sie wartet.«

»Danke!« Ich wendete das Pferd.

»Charlotte, warte!«, rief Papa mir nach. »Lass uns doch mit dem Auto hinfahren!«

»Und was ist mit Won Da Pie?«, entgegnete ich und trabte los.

Die bloße Vorstellung, wie meine Familie das aufgeregte Pferd auf dem sorgsam gepflegten Rasen herumführte, brachte mich trotz der dramatischen Situation beinahe zum Lachen.

Das Gewitter hatte sich mittlerweile verzogen, dafür rauschte nun ein gleichmäßiger Regen vom schiefergrauen Himmel. Ich ritt die schmale Straße entlang, die an unserem Haus vorbeiführte und nach ein paar Hundert Metern in einen sandigen Weg mündete, der in Höhe der *chèvrerie* direkt an der Straße nach Noirmoutier-en-l'Île herauskam.

»Hoffentlich ist Véronique und Iseult nichts Schlimmes passiert«, flüsterte ich Won Da Pie zu, der seine Ohren immer zu mir drehte, wenn ich etwas sagte.

Plitsch, platsch, plitsch, platsch, machten seine Hufe in den großen Pfützen, das nasse Leder des Sattels quietschte, und wenn ich nicht eine so große Angst um Véronique gehabt hätte, wäre es ein herrliches Abenteuer gewesen.

DAS GRÖẞTE ABENTEUER MEINES LEBENS

Ich hielt Won Da Pie direkt vorne an der Wegkreuzung am Wasserturm an, wo wir mit den Pferden immer die Straße überquerten, wenn wir in die Salzsümpfe ritten. Jedes Mal, wenn ein Auto mit aufgeblendeten Scheinwerfern an uns vorbeirauschte, begann Won Da Pie nervös zu tänzeln. Er schlug ungeduldig mit dem Kopf und zog mir die Zügel durch die klammen Finger.

»Bitte, bitte, kommt doch endlich«, flüsterte ich.

Lange würde ich den braunen Wallach nicht mehr ruhig halten können, außerdem begann ich allmählich in meinen nassen Kleidern zu frieren. Vom Fell des Pferdes stiegen Dampfschwaden auf. Die vorbeifahrenden Autofahrer gafften mich neugierig an.

Endlich! Nach ein paar Minuten, die mir wie eine Ewigkeit vorkamen, tauchte der blau-weiße Krankenwagen aus Richtung Noirmoutier-en-l'Île auf. Ich winkte dem Fahrer wild, aber das war überflüssig. Wahrscheinlich standen nicht allzu viele Mädchen mit Pferden bei diesem Wetter am Straßenrand herum. Dem Krankenwagen folgte ein Jeep mit einem Pferdeanhänger. Das musste der Tierarzt sein. Der Fahrer des Krankenwagens kurbelte die Scheibe herunter.

»Kommen wir überhaupt bis dorthin?«, wollte er wissen.

»Ein ganzes Stück sind die Wege noch breit genug«, erwiderte ich. »Ich weiß aber nicht, wie sie jetzt nach dem Regen aussehen.«

»Na, wir werden es versuchen.« Der Mann nickte. »*Allez*, reite los. Ich fahre dir nach!«

Ich trabte an. Hier waren die Wege ziemlich steinig und daher nach diesem Unwetter besser als im westlichen Teil der Salzsümpfe. Ab und zu warf ich einen Blick zurück über die Schulter, um mich zu vergewissern, dass mir die Autos folgen konnten.

Won Da Pie schien erleichtert, dass er nicht länger stillstehen musste. Er trabte eifrig und kaute am Gebiss.

Schon von Weitem sah ich, dass Iseult noch immer im Wasser des Salzsees lag. Véronique war es gelungen, sich zu befreien. Sie kauerte auf dem Boden, hielt den Zügel fest und streichelte den Kopf des Pferdes. Es kam mir vor, als sei ich ein paar Stunden weg gewesen, doch ein Blick auf die Uhr zeigte mir, dass es erst kurz nach acht war. Mein wilder Ritt hatte noch nicht einmal eine Stunde gedauert!

»Charlotte!«, rief Véronique erleichtert, als sie mich sah. »Hast du Hilfe holen können?«

»Ja.« Ich ließ mich aus dem Sattel gleiten. »Der Krankenwagen ist da, und der Tierarzt auch. Sie sind mir nachgefahren.«

»Gott sei Dank«, sagte Véronique und begann wieder zu weinen.

Der Krankenwagen war ein paar Hundert Meter weiter vorne stehen geblieben, aber der Tierarzt kam mit seinem Jeep beinahe bis zur Unfallstelle. Auf einmal war alles voller Männer. Ich lehnte mich zitternd an mein Pferd. Erst ganz allmählich wurde mir bewusst, was ich getan hatte! Ohne zu zögern, war ich einfach losgaloppiert. Ich hatte keine Sekunde darüber nachgedacht, ob es gefährlich sein könnte oder ob ich Angst hatte!

Won Da Pie stupste mich freundlich an.

»Ich habe leider nichts für dich dabei, du tolles Pferd«, flüsterte ich und strich ihm über seinen patschnassen Hals.

Der Regen in meinem Gesicht vermischte sich mit Tränen. Was für ein Abschied von diesem herrlichen Pferd!

Die Sanitäter hoben Véronique vorsichtig auf eine Trage.

»Was ist mit meinem Pferd?«, rief sie.

»Ich werde mich darum kümmern«, beruhigte sie der Tierarzt, ein junger, braun gebrannter Mann, den ich schon einmal im Club gesehen hatte.

»Charlotte«, Véronique ergriff meine Hand, als die Sanitäter sie an mir vorbeitrugen, »das war wirklich ganz großartig von dir. Danke. Meinst du, du kannst die anderen nach Hause bringen?«

»Aber klar.« Mir gelang ein beruhigendes Lächeln. »Mach dir keine Sorgen, okay?«

»Okay.« Über ihr blasses Gesicht rannen Tränen. »Wenn nur Iseult nichts Schlimmes passiert ist.«

Die Sanitäter trugen sie zum Krankenwagen. Wenig später schaukelte das Auto davon.

Der Tierarzt hatte zwei junge Männer mitgebracht. Gemeinsam zogen sie ein Seil um die Hinterhand der Stute, wobei der Tierarzt bis an die Hüften im Wasser stand. Er hatte im Wasser die Beine der Stute abgetastet.

»Nichts gebrochen!«, verkündete er, und meine Knie wurden vor Erleichterung ganz weich.

Nachdem die beiden anderen Männer vergeblich am Seil gezogen hatten, hängten sie den Pferdeanhänger ab. Einer von ihnen fuhr rückwärts bis zu der Stelle, an der Iseult im Wasser lag. Sie schlangen das Seil um die Anhängerkupplung. Der eine Mann setzte sich hinter das Steuer und gab vorsichtig Gas. Zentimeter um Zentimeter kam das Pferd hoch, bis es schließlich einen Satz machte und zitternd auf festem Boden stand. Der Tierarzt untersuchte noch einmal die Beine der Stute und führte sie ein Stück hin und her.

»Sie hat wohl nur einen schlimmen Schock«, sagte er. »Rein äußerlich ist nichts zu sehen. Sie hatte Glück, dass sie in den weichen Morast gefallen ist.«

Die beiden anderen Männer hatten den Pferdeanhänger wieder an den Jeep angehängt und verluden Iseult, die brav in den Hänger trottete.

»Ich möchte nicht mehr zurückreiten«, ließ sich die Engländerin vernehmen. Sie und die beiden anderen hatten den Unterstand mit ihren Pferden verlassen. »Bitte nehmen Sie mich mit.«

»Kein Problem«, meinte der Tierarzt.

Gosse d'Irlande wurde also ebenfalls verladen. Die dicke Frau sprang sofort in den Jeep, ohne uns noch eines Blickes zu würdigen, als habe sie Angst, wir würden sie für das Unglück verantwortlich machen. Die beiden Mädchen und ich saßen wieder auf, als der Jeep mit dem Anhänger davonfuhr.

Wir ritten durch den feinen Nieselregen zurück zum

Club. Die beiden Mädchen fragten mich, wie es mir gelungen war, so schnell Hilfe zu holen. Ich antwortete etwas wortkarg. So ganz hatte ich noch nicht begriffen, was alles geschehen war. Die beiden waren ziemlich beeindruckt, als sie erfuhren, dass ich gar nicht zum Club gehörte, sondern Deutsche war, die hier nur Urlaub machte. Ob sie nach diesem Abenteuer wohl noch einmal hier reiten würden? Mir war es egal.

Der Himmel klarte wieder auf und kurz bevor wir den Club erreicht hatten, zeigte die untergehende Sonne zaghaft ihre Strahlen. Der feuchte Asphalt glänzte und dampfte, der Regen hatte den Staub von Häusern, Autos und Bäumen gewaschen. Alles glänzte frisch und fröhlich, als sei nichts gewesen.

Der Geländewagen des Tierarztes mit dem Anhänger stand schon auf dem Hof, als wir ankamen. Ich sah Thierry vor der geöffneten Box von Iseult stehen. Die beiden Mädchen saßen ab. Sie hatten es auf einmal eilig und ließen mich mit den beiden gesattelten Pferden alleine im Hof stehen.

Thierry kam auf mich zu. So kleinlaut und schuldbewusst hatte ich ihn noch nie zuvor erlebt. Stumm nahm er mir Kébia und Caramel ab. Wahrscheinlich war er froh, etwas tun zu können.

Ich führte Won Da Pie in seine Box, nahm ihm Trense und Sattel ab und rieb sein nasses Fell mit Stroh trocken. Schließlich schüttete ich ihm eine Extraportion Hafer in seine Krippe. Die hatte er sich heute redlich verdient.

»Du bist der Beste«, sagte ich leise zu ihm, »und das war

wahrhaftig das größte Abenteuer meines Lebens. Ich werde dich niemals vergessen.«

Das Pferd warf mir einen Blick aus seinen großen dunklen Augen zu und stupste mich freundschaftlich mit seiner Nase an, als wolle es sagen: »War doch kein Problem.«

Ich verließ die Box und ging zu Iseult. Der Tierarzt hatte der Stute einen Tropf gegen den Schock gelegt. In dem Moment rollte der große Scania-Pferde-Lkw, der sonst immer hinter der Scheune parkte, in den Hof.

»Oje, da kommt Onkel Nicolas«, sagte Thierry. »Jetzt gibt's Ärger.«

»Wieso?«, fragte ich ihn. »Das war ein Unfall. Niemand hatte Schuld.«

»Ich hätte den Ausritt mitreiten sollen.« Thierry senkte den Kopf. »Ich hatte es meinem Onkel versprochen. Stattdessen bin ich gesurft wegen der geilen Wellen. Und auch deswegen krieg ich Ärger. Surfen bei einem Gewitter ist total gefährlich. Ich bin ein Idiot.«

Seine plötzliche Offenheit machte mich verlegen.

»Es war wirklich mutig von dir, dass du losgeritten bist, um Hilfe zu holen.« Thierry warf mir einen unsicheren Blick zu. Von seiner Großspurigkeit war nichts mehr übrig, er ließ den Kopf hängen.

»Was hätte ich anderes tun sollen?«, erwiderte ich. »Véroniques Handy ging nicht mehr und außer mir kannte sich ja niemand hier aus.«

»Trotzdem. Das war klasse.«

Wir schauten uns verlegen an und ich verspürte ein leichtes Kribbeln im Bauch. Ganz tief drinnen. Seine Anerkennung war mir wichtig. Mehr als das: Sie machte mich richtig glücklich. Und zugleich traurig, denn ausgerechnet jetzt, da unsere vier Wochen Urlaub herum waren, stellte ich fest, dass ich ihn mochte. Ich wollte gerade etwas Nettes zu Thierry sagen, da kam Nicolas mit großen Schritten durch den Paddock, gefolgt von Sophie, Cécile und Rémy.

»Was ist denn hier los?«, rief er besorgt. »Wie siehst du denn aus, Charlotte? Und wo ist Véronique?«

Ich erzählte ihm eine Kurzfassung dessen, was geschehen war. Sophie und Rémy lauschten entsetzt und Nicolas wurde ganz blass. Nachdem er mit dem Tierarzt gesprochen hatte, wandte er sich an Thierry.

»Und wo warst du?«, fragte er den Jungen knapp. »Hatte ich dich nicht darum gebeten, mitzureiten?«

»Ich … äh … hm.« Thierry wurde rot bis unter die Haarspitzen und starrte auf den Boden.

»Ich hätte nicht schlecht Lust, dich nach Hause zu schicken«, fuhr Nicolas ihn an. »Das ist echt der Gipfel der Verantwortungslosigkeit! Wir beide sprechen uns noch!«

Damit drehte er sich um und marschierte im Sturmschritt zu Iseults Box. Er sprach mit dem Tierarzt, danach setzte er sich in sein Auto, um zu Véronique ins Krankenhaus zu fahren.

»Du bist echt alleine durchs Gewitter galoppiert, um Hilfe zu holen?«, erkundigte sich Sophie ungläubig. »Hattest du denn gar keine Angst?«

»Nein, eigentlich hatte ich überhaupt keine Angst.« Ich zuckte mit den Schultern. »Mir blieb auch gar keine Zeit, darüber nachzudenken.«

»Mutiges Mädchen.« Rémy klopfte mir anerkennend auf den Rücken. »Du hast echt Mumm!«

Vor dem Büro bremste der Passat meiner Eltern. Papa und Jean-Paul stiegen aus. Sie waren gekommen, um mich abzuholen.

»Charlotte.« Thierry legte mir plötzlich seine Hand auf den Arm und mein Herz schlug einen Salto. »Es … es tut mir echt leid, dass ich ›Mehlsack‹ zu dir gesagt habe.« Mit dem zerknirschten Gesichtsausdruck sah er unglaublich süß aus.

»Na ja, mir tut's auch ein bisschen leid, dass ich dich vor deiner ganzen Clique blamiert habe«, entgegnete ich und grinste.

»Was?« Sophie riss die Augen auf. »Echt? Davon weiß ich gar nichts!«

»Du musst ja auch nicht alles wissen, Schwesterherz.« Thierry grinste nun auch. »Das war übrigens okay, Charlotte. Ich fand's eigentlich ganz cool von dir.«

Dann standen wir da, einfach so, und grinsten uns an.

»Freunde?« Thierry streckte mir die Hand hin und ich schlug ein.

»Freunde«, bestätigte ich.

»Schade, dass du morgen nach Hause fahren musst«, sagte er.

»Ja, das ist wirklich schade. Ich hätte gerne noch ein paar Rennen gegen dich gewonnen.«

Papa und Jean-Paul kamen näher und erkundigten sich nach dem Ausgang des Abenteuers.

»Kann ich nicht noch hierbleiben und warten, bis Nicolas aus dem Krankenhaus zurückkommt?«, bat ich meinen Vater.

»Wir fahren morgen früh noch mal her«, entschied Papa jedoch. »Jetzt musst du erst mal trockene Sachen anziehen, sonst holst du dir noch eine Lungenentzündung.«

Ich nickte, verabschiedete mich von meinen Freunden und trottete mit zum Auto. Gut, dass es schon dunkel war. Ich wollte nicht, dass Thierry und Sophie meine Tränen sahen.

MEIN PFERD WON DA PIE

Ich ließ mich auf die Rückbank des Autos fallen und lehnte meine glühend heiße Stirn gegen die kühle Fensterscheibe. Won Da Pie! Ohne jedes Zögern hatte er den Sprung über den Graben gewagt, war durch den strömenden Regen galoppiert und hatte mich nicht im Stich gelassen. Wieder wurde mir bewusst, dass ich überhaupt keine Angst gehabt, ja, nicht einmal über die Gefahren und Risiken nachgedacht hatte.

Früher hatte ich mich vor allem gefürchtet: Vor einer Springstunde oder einem Ausritt hatte ich mittags nichts essen können; wenn Herr Kessler mir Farina, Flocki oder Hanko zuteilte, hatte ich mich dazu zwingen müssen, nicht einfach wieder nach Hause zu rennen. Während Dorothee völlig sorglos neben mir her zum Reitstall lief, hatte ich meistens weiche Knie und ein flaues Gefühl im Magen gehabt. Tatsächlich hatte ich in den letzten drei Jahren beinahe immer Angst vor dem Reiten gehabt.

Der Sommer mit Nicolas, Véronique, ihren Pferden und vor allen Dingen Won Da Pie hatte alles verändert. Mir war es gelungen, das Vertrauen eines völlig verängstigten Pferdes zu gewinnen. Nicolas hatte mir, der kleinen Charlotte Steinberg aus der Freitags-drei-Uhr-Anfänger-Abteilung, zugetraut, Won Da Pie und seine anderen Pferde zu reiten, und obwohl ich mehr als einmal unfreiwillig im Sand der

Reitbahn gelandet war, hatte ich neues Selbstvertrauen und Mut bekommen. Bei Nicolas hatte ich in den vergangenen vier Wochen gelernt, dass Reitenlernen sehr viel mehr war, als nur einmal in der Woche halbherzig im Kreis herumzureiten. Reitenlernen bedeutete die Bereitschaft, sich auch mal zu quälen, den Willen, etwas zu erreichen, Liebe zum Pferd, Körperbeherrschung und keine Angst vor Rückschlägen.

Die Belohnung für diese Erkenntnis war mein Ritt mit Won Da Pie durch den Sturm gewesen. Das Wichtigste für mich war nicht die Tatsache, dass ich Hilfe geholt hatte. Viel wichtiger war mir, dass ich das Pferd beherrscht und keine Angst gehabt hatte. Won Da Pie hatte das gespürt und deshalb gehorcht und mit mir gekämpft. Ich lächelte ein bisschen. Das war mein größter Sieg. Der Sieg über meine Angst.

Papa bremste vor der Einfahrt von Couasnons Haus, um Jean-Paul aussteigen zu lassen.

»Gute Nacht, kleine Heldin.« Jean-Paul zwinkerte mir zu und lächelte. Ich versuchte auch zu lächeln, obwohl mir viel eher nach weinen zumute war. Weshalb musste ich ausgerechnet hier mein Traumpferd finden? Es war so aussichtslos!

Wenig später hielten wir vor unserem Ferienhaus. Alissa kam schwanzwedelnd auf uns zu, gefolgt von meinen Geschwistern, die alles ganz genau wissen wollten. Auf einmal hatte ich die Bewunderung, nach der ich mich immer gesehnt hatte, aber zu meinem Erstaunen war sie mir gar nicht mehr so wichtig.

Ich duschte, zog mir frische, trockene Kleider an und setzte mich an den Esstisch. Mir tat alles weh, vor allem der Rücken und die Arme. Auch wenn ich in den letzten Wochen sehr viel geritten war, so war es doch etwas anderes, ein paar Kilometer in gestrecktem Galopp zu reiten.

Meine Eltern und Geschwister saßen erwartungsvoll um mich herum, als ich heißhungrig die Paella in mich hineinschaufelte, die Josiane Couasnon für mich eingepackt und Mama mitgegeben hatte. Ungeduldig warteten sie, bis ich endlich von meinem Abenteuer erzählte. Ich wäre viel lieber gleich ins Bett gegangen. Wie sollte ich in Worte fassen, was das für ein Gefühl gewesen war? Niemand, der Ähnliches nicht selbst erlebt hat, kann beschreiben, was es bedeutet, mit einem Pferd eins zu sein. Oft hatte ich die Kraft und den Willen eines Pferdes gespürt, aber niemals hatte ein Pferd sich mir so ergeben, wie es Won Da Pie heute getan hatte.

Ich erzählte meiner Familie in knappen Worten, wie es zu dem Unfall gekommen war und warum ich losgeritten war, um Hilfe zu holen.

»Coole Sache!« Sogar Phil war tief beeindruckt. »Da hast du ja was zu erzählen, wenn du wieder daheim im Reitstall bist.«

»Das glaubt mir da sowieso niemand«, erwiderte ich mit einem Anflug von Bitterkeit.

»Wieso denn nicht?«, fragten Papa und Mama erstaunt.

Ich zuckte mit den Schultern. Meine Eltern waren manchmal echt überraschend naiv, und das erstaunte mich gerade bei Papa, der als Landrat und Politiker doch mit Intrigen und

Ränkespielen vertraut sein sollte. Offenbar nahmen meine Eltern an, im Reitstall wären lauter junge Leute, die sich wie eine glückliche, große Familie immer gut verstehen würden. Sie hatten ja keine Ahnung! Es war ganz und gar nicht so! In Wirklichkeit gönnte niemand dem anderen etwas, jeder befürchtete, ein anderer könne plötzlich besser oder erfolgreicher reiten. Selbst in unserer Clique herrschte ein harter Konkurrenzkampf.

Einmal hatte Inga von ihrem Urlaub auf einem Reiterhof erzählt und von den Abenteuern, die sie mit den Pferden und Leuten dort erlebt haben wollte. Kein Mensch hatte ihr auch nur ein Wort geglaubt; selbst ich hatte an den Worten meiner Freundin gezweifelt und mit Dorothee, Oliver und Karsten hinter Ingas Rücken darüber gespottet.

Nein, im Reitstall würde ich garantiert kein Wort über Won Da Pie und meinen Ritt erzählen! Plötzlich spürte ich einen Kloß im Hals und sprang auf.

»Ich geh schlafen«, würgte ich noch hervor. »Ich bin total müde.«

In dem Moment begann Alissa, die auf ihrer Matte vor dem Kamin lag, zu knurren. Ein Auto kam die Auffahrt hoch. Durch die Glastür sahen wir die Lichter der Scheinwerfer.

»Wer kann denn das noch sein um diese Uhrzeit?« Papa stand auf und trat zur Tür.

Der Motor des Autos ging aus und zwei Autotüren schlugen zu. Dann hörten wir Schritte im Kies vor der Terrasse knirschen.

»Bonsoir«, hörte ich die tiefe Stimme von Nicolas, und mein Herz begann aufgeregt zu klopfen.

»Bitte entschuldigen Sie die späte Störung«, sagte er zu Papa. »Wir kommen gerade aus dem Krankenhaus und wollten uns noch gerne bei Charlotte bedanken.«

»Kommen Sie doch herein«, antwortete Papa, und dann standen sie in unserem Wohnzimmer.

»Véronique!« Ich sprang auf und lief auf sie zu. »Wie geht es dir?«

Die Reitlehrerin lächelte matt. Sie hatte einen dicken Verband um das rechte Knie und ein paar Schürfwunden in ihrem blassen Gesicht.

»Ich hatte Glück im Unglück«, sagte sie zu mir. »Es ist nichts gebrochen. Die Kniebänder sind überdehnt, das ist alles. In ein paar Tagen bin ich wieder okay.«

Mama begrüßte die beiden und bot ihnen an, Platz zu nehmen. Cathrin und Flori machten zwei Stühle frei und setzten sich auf den Kaminsims.

»Möchten Sie ein Glas Wein mit uns trinken?«, fragte Papa und holte zwei frische Gläser aus dem Schrank.

»Saint-Nicolas-de-Bourgueil.« Nicolas lächelte, als er das Etikett der Weinflasche las, die auf dem Tisch stand. »Da sage ich nicht Nein.«

»Ich auch nicht«, fügte Véronique hinzu. »Nach so einem Tag!«

Als Papa eingeschenkt und die Erwachsenen alle einen Schluck getrunken hatten, räusperte sich Nicolas und sah mich an. Ich rutschte aufgeregt auf meinem Stuhl hin und her.

»Wir wollten uns bei dir bedanken, Charlotte«, sagte der Reitlehrer ernst. »Du hast schnell und umsichtig gehandelt.

Wer weiß, was passiert wäre, wenn Iseult noch länger hätte im Wasser liegen müssen. So ist sie mit dem Schrecken und ein paar Blutergüssen davongekommen. Du hast dich selbst in Gefahr gebracht. Gott sei Dank ist dir nichts passiert.«

»War doch kein Problem«, murmelte ich verlegen. »Die Hauptarbeit hat Won Da Pie gemacht. Er war wirklich großartig.«

»Ja, und damit wären wir beim Thema.« Véronique und Nicolas wechselten einen Blick. »Wir haben uns nämlich auf dem Weg hierher etwas überlegt.«

Ich schluckte. Meine Eltern nippten an ihren Weingläsern und warteten interessiert, was der Reitlehrer sagen wollte.

»Sag du's.« Véronique sah ihren Mann an.

»Gut.« Nicolas nahm noch einen Schluck Wein und sah in die Runde. »Charlotte hat sich in den letzten Wochen große Verdienste um dieses Pferd erworben. Ich hatte das Pferd von einem befreundeten Springreiter gekauft, ohne zu wissen, dass es offensichtlich durch einige Hände gegangen und wegen seines Temperaments nicht immer gut behandelt worden war. Es ist kein ganz einfaches Tier. Charlotte ist es mit sehr viel Geduld gelungen, sein angeknackstes Vertrauen zu Menschen wieder herzustellen. Sie hat ihn gepflegt, geritten und zu guter Letzt auch noch dieses Abenteuer mit ihm bestanden.«

Er lächelte mich an.

»Hm«, sagte er dann. »Won Da Pie – wie Charlotte ihn getauft hat – ist zu schade für unseren Reitbetrieb. Er ist viel zu sensibel, als dass er dauernd von verschiedenen und schlechten Reitern geritten werden sollte. Véronique und ich sind uns einig, dass wir ihn wieder verkaufen wollen.«

Ich saß da, starr vor Schreck und schwer von Begriff. Sie wollten ihn verkaufen! In wessen Hände würde Won Da Pie dann wohl geraten?

»Charlotte hat uns erzählt, dass sie in Deutschland gerade erst ihr Pflegepferd verloren hat«, fuhr Véronique nun fort und lächelte mir zu. »Wir würden Won Da Pie gerne an dich verkaufen, wenn deine Eltern einverstanden sind.«

Einen Moment herrschte Totenstille. Die Standuhr neben dem Kamin schlug elf. Ich hielt den Atem an. Das träumte ich doch sicher alles nur! Meine Eltern sahen sich an. Sie schienen nicht besonders überrascht zu sein.

»Wir haben uns schon seit Längerem überlegt, für Charlotte ein Pferd zu kaufen«, sagte Papa schließlich. »Eigentlich wollten wir noch ein oder zwei Jahre warten, um zu sehen, ob sie auch wirklich bei der Sache bleibt. Aber ich denke, sie hat bewiesen, dass sie zuverlässig und begeistert genug ist. Natürlich können wir kein Vermögen bezahlen.«

Mir klappte der Mund auf.

»Ich habe das Pferd für viertausend Euro gekauft«, erwiderte Nicolas. »Auch wenn es eine sehr gute Abstammung hat, so ist es doch noch jung und kann noch nicht sehr viel. Das wäre der Preis, den ich gerne wieder für ihn hätte.«

Viertausend Euro! Das konnte ich sogar beinahe von meinem Sparbuch bezahlen!

»Was denkst du?«, wandte Papa sich an Mama.

»Ich denke, wir fragen Charlotte«, antwortete Mama. »Immerhin ist sie es, die sich um das Pferd kümmern muss. Das können wir ja nicht. Wenn sie das Pferd haben will, dann …«

Der Rest des Satzes ging in meinem Jubel unter. Ich sprang so heftig auf, dass mein Stuhl mit einem Knall auf den Boden krachte. Alissa begann zu bellen. Ich fiel Mama um den Hals und diesmal kamen mir die Tränen vor lauter Glück. Phil ließ sich auch zu einem Grinsen herab, Cathrin und Flori tanzten aufgeregt um mich herum. Ich umarmte meine Geschwister, Papa und dann Véronique.

»Bei dir wird er es gut haben.« Sie verzog das Gesicht, als ich sie heftig drückte. »Autsch, meine armen Rippen!«

Ich konnte es nicht fassen! Meine Eltern kauften mir Won Da Pie!

Nicolas und Véronique lächelten, meine Geschwister grinsten und Papa und Nicolas besiegelten den Pferdekauf mit einem Handschlag.

»Philipp«, sagte Papa zu meinem großen Bruder. »Hol doch mal die Flasche Champagner aus dem Kühlschrank. Das müssen wir mit einem guten Tropfen begießen. Schließlich kaufen wir nicht alle Tage ein Pferd.«

»Na, wenn du es dir jetzt noch leisten kannst, Champagner zu trinken«, bemerkte Phil, und alle lachten.

Er kehrte mit der Flasche zurück, Papa öffnete sie und der Korken knallte an die Decke.

»Können wir nicht noch mal schnell zu ihm hinfahren?«, bat ich.

»Morgen ist es früh genug.« Mama füllte die Sektgläser.

Sogar Phil und ich bekamen zur Feier des Tages ein halbes Glas Champagner.

»Auf unser neues Familienmitglied.« Papa hob sein Glas und wir taten es ihm nach. »Wie heißt es noch?«

»Won Da Pie«, sagte ich stolz. »Den Namen vergisst man nicht so schnell.«

»Wenn man ihn sich überhaupt merken kann«, erwiderte Flori trocken, und wir stießen alle an.

DAS LEBEN IST SCHÖN!

Als ich aufwachte, fiel die Morgensonne durch die Ritzen der Schlagläden und zeichnete helle Flecken auf den gelben Steinfußboden. In wildem Durcheinander lagen meine Kleider herum. Ich brauchte einen Moment, um mich an die Ereignisse des gestrigen Tages zu erinnern. Nein, ich hatte nicht geträumt! Won Da Pie gehörte mir! Papa und Nicolas hatten sich die Hand gegeben, und damit war im Pferdehandel das Geschäft besiegelt. Gestern Nacht hatte ich geglaubt, ich würde vor Glück und Aufregung niemals einschlafen können. Nun lag ich da, blickte an die Decke und dachte in aller Ruhe über die Tragweite dieses Pferdekaufes nach.

Won Da Pie würde in eine Box im Reitstall ziehen. Damit stieg ich schlagartig von der unbedeutenden Schulreiterin in die Reihen der Privatreiter auf und kam dadurch in den Genuss zahlreicher Privilegien. Ich würde einen eigenen Spind und einen Schlüssel für die zweite Sattelkammer bekommen. Jeden Tag konnte ich reiten! Ich konnte an den Dressur- und Springstunden teilnehmen, aber ich konnte auch einfach ins Gelände reiten, wenn mir danach war. Nie mehr musste ich mich mit Hanko, Farina oder Flocki herumärgern!

Meine Fantasie galoppierte mit großen Sprüngen in eine Zukunft, die durchaus realistisch sein könnte. Reitabzeichen, Maiausritt, Turnier! Ich sah vor meinem inneren Auge die neidischen Blicke der anderen, als es goldene Schleifen und Pokale über mir und Won Da Pie herabregnete. Ich hätte vor Glück schreien können!

Die schönste Trense würde ich für mein Pferd kaufen, den besten Sattel, die weichste Sattelunterlage und die sichersten Gamaschen. Won Da Pie sollte das großartigste Pferd im ganzen Reitstall werden.

Ich konnte es kaum erwarten, in den Club zu kommen. Papa, Cathrin, Flori und ich fuhren allerdings erst nach Noirmoutier zur Bank, bei der meine Eltern ein Konto hatten. Direkt vor der Bank zückte Papa sein Handy und fragte mich nach der Telefonnummer des Stallbüros, die ich auswendig kannte. Herr Kessler ging ans Telefon und plötzlich bekam ich einen Schreck. Was sollte ich machen, wenn im Reitstall keine Box mehr frei war? Papa sprach ein paar Minuten mit dem Reitlehrer und machte ein zufriedenes Gesicht, als er schließlich sein Handy zuklappte.

»Und?« Ich sah ihn erwartungsvoll an.

»Won Da Pie wird die Box von Gento bekommen«, sagte Papa. »Herr Kessler lässt dich schön grüßen und gratuliert dir. Er hat mich gefragt, ob er schon jemandem etwas sagen soll, aber ich meinte, du würdest deine Freunde sicherlich lieber selber überraschen.«

»Oh ja.« Ich nickte. Am liebsten hätte ich auf der Stelle Dorothee angerufen, aber leider reichte das Prepaidguthaben nicht mehr. Papa wollte noch einen Rest für etwaige Notfälle auf der Rückfahrt nach Deutschland zum Telefonieren aufheben.

Endlich fuhren wir weiter zum Club. Véronique saß mit ihrem dick bandagierten Knie auf einem Liegestuhl in der Sonne hinten bei den Ställen, als wir eintrafen.

»Guten Morgen!«, rief sie und winkte uns.

»Hallo, Véronique!«, rief ich zurück und rannte sofort zur Box von Won Da Pie. Der braune Wallach streckte seinen Kopf über die untere Türhälfte und wieherte.

»Hört ihr?« Ich lachte und streichelte glücklich die weiche Nase des Pferdes. »Er kennt mich ganz genau!«

»Scheint tatsächlich so.« Papa nickte beeindruckt.

Ich legte Won Da Pie das Halfter an und führte ihn stolz aus der Box. Mein Pferd. Mein eigenes Pferd!

»Du weißt es noch nicht, mein Süßer.« Ich legte beide Arme um seinen Hals. »Aber du gehörst seit gestern Abend mir. Du machst jetzt eine lange Reise, und dann bist du bei mir in Deutschland. Für immer und ewig.«

Ungeduldig befreite sich der Wallach aus meiner Umarmung und suchte in meinen Taschen nach einem Leckerbissen. Meine Geschwister betrachteten ihn aus sicherer Entfernung. Mittlerweile war Nicolas aufgetaucht. Papa und er gingen ins Büro, um das Geschäftliche zu regeln. Als sie später zurück zum Stall kamen, überreichte mir Nicolas einen abgegriffenen Umschlag.

»Darin sind seine Abstammungspapiere, Impfpass und ein Gesundheitsattest vom Tierarzt. Ich habe ihn untersuchen lassen, bevor ich ihn gekauft habe. Er ist kerngesund.

Du wirst sicher viel Freude mit ihm haben und gemeinsam mit ihm viel lernen.«

»Das glaube ich auch.« Mit einem Mal war ich richtig wehmütig. Ich hatte mich sehr wohl gefühlt im Club mit Nicolas, Véronique, Rémy, Cécile, Sophie, ja, sogar mit Thierry. Sie standen alle da, um sich von mir zu verabschieden. Würde ich sie jemals wiedersehen?

»Charlotte, wir müssen allmählich los.« Papa warf einen Blick auf seine Uhr.

Ich führte Won Da Pie zurück in seine Box. In vier Tagen würde er von Nantes aus mit dem Lkw einer Pferdespedition zu uns gebracht werden. Nicolas hatte versprochen, alle Vorkehrungen für diese Reise zu treffen und uns dann anzurufen. Papa und er hatten Handynummern und Adressen getauscht.

Ich verabschiedete mich von meinem Pferd, dann war Sophie an der Reihe, danach Cécile und Rémy.

»Wir sollten unbedingt in Kontakt bleiben«, schlug Véronique vor und gab mir links und rechts ein Küsschen auf die Wange. »Vielleicht sehen wir uns ja nächsten Sommer wieder.«

»Auf jeden Fall mailst du uns, wie es dir und Won Da Pie ergeht, abgemacht?« Nicolas schüttelte mir die Hand und umarmte mich dann herzlich. »Ich bin sehr stolz auf dich, Charlotte. Und ich bin ganz sicher, dass du eine gute Reiterin wirst. Du hast das Zeug dazu. Gib niemals auf, wenn es mal Probleme gibt. Okay?«

»Okay«, flüsterte ich gerührt. »Und danke. Für alles. Es war einfach … einfach toll bei euch.«

Ich spürte, wie mir schon wieder die Tränen in die Augen traten. Abschiede waren schrecklich, auch wenn ich das beste aller Pferde mitnehmen würde. In den vergangenen Wochen war der Club mit seinen Leuten eine zweite Heimat geworden, die ich niemals vergessen würde.

»*Au revoir*«, sagte Thierry und gab mir auch zwei Küsschen, wie es in Frankreich so üblich ist. »Wird ganz schön langweilig ohne dich.«

»Jetzt hast du niemanden mehr, über den du dich lustig machen kannst«, sagte ich und grinste.

»Und niemanden, der mich beim Wettrennen schlägt«, Thierry grinste auch. »Komm uns mal in Paris besuchen. Im Bois de Boulogne kann man auch super reiten.«

»Klar.« Ich wusste, dass ich dieses Grinsen vermissen würde. »Mach ich bestimmt.«

Ein letzter Blick, dann folgte ich Papa und meinen Geschwistern schweren Herzens zum Auto. Sie waren schon eingestiegen und ich öffnete gerade die Beifahrertür, als jemand meinen Namen rief.

»Charlotte! Warte!«

Ich wandte mich erstaunt um. Thierry kam durch den Paddock gerannt und blieb vor mir stehen.

»Ich … äh …« Er kramte in seiner Hosentasche und förderte zu meinem Erstaunen eine verknickte Visitenkarte zutage. »Das sind meine Handynummer und meine E-Mail-Adresse. Ich bin übrigens auch bei Facebook. Vielleicht … vielleicht bleiben wir so in Kontakt. Okay?«

»Da… danke«, stotterte ich überrascht.

Er lächelte verlegen.

»Wir sehen uns wieder, abgemacht?«, fragte er.

Ich nickte und da umarmte er mich kurz und heftig. Mir war schwindelig und ein ganzer Schwarm Schmetterlinge flatterte durch meinen Bauch, als er mich wieder losließ. Ein letzter Blick in seine blauen Augen.

»*A bientôt,* Charlotte!«, sagte er rau.

»*A bientôt!*«, flüsterte ich.

Tränen brannten hinter meinen Augen, ich hatte zittrige Beine und war ganz benommen, als ich ins Auto stieg und das Fenster herunterließ. Won Da Pie und die anderen Pferde blickten auf der anderen Seite des Paddocks, auf dem ich so viele Stunden verbracht hatte, aus ihren Boxen. Nicolas, Véronique, Cécile, Rémy und Sophie waren Thierry gefolgt. Sie standen vor dem Büro und ihr Anblick, der mir so vertraut geworden war, schnitt mir ins Herz. Wie sehr würden sie mir fehlen, sie alle!

Ich winkte und sie winkten mir nach, bis Papa auf die Landstraße abbog und der Club nicht mehr zu sehen war. Wie oft war ich diese Straße entlanggeradelt! Ich kannte jede Hecke, jedes Verkehrsschild, jeden Busch und jeden Baum. Nun war diese wundervolle Zeit vorbei. Stumm wischte ich mir die Tränen vom Gesicht. Obwohl es traurig war, Abschied nehmen zu müssen, war es kein Ende. Es war ein Anfang. Der Anfang eines neuen Lebens. Mit Won Da Pie.

QUIZ

WIE GUT KENNST DU CHARLOTTE?

1 WIE HIEẞ DER FRÜHERE REITLEHRER VON CHARLOTTE?

- ◯ a) Herr Kessler
- ☒ b) Herr Lauterbach
- ◯ c) Herr Pfeffer

2 WIE LAUTET DER SPITZNAME VON KATIES MUTTER, FRAU VON RICHTER?

- ◯ a) Horse-Mother
- ☒ b) Dragon-Mum
- ◯ c) Tiger-Mom

3 VON WELCHEM BEKANNTEN HENGST STAMMT WON DA PIE AB?

- ◯ a) Comme le Père
- ☒ b) Quidam de Revel
- ◯ c) Cornado

4 Wie heißt Katies Bruder, den Doro und Charlotte »Draco Malfoy« nennen, wirklich?

- a) Sven
- b) Lars
- c) Karsten

5 Mit welchem Pferd schlägt Charlotte Thierry im Wettrennen am Strand?

- a) Linotte
- b) Brunette
- c) Le Zaza

6 Wie heißt das liebste Anfänger-Schulpferd im Stall?

- a) Flocki
- b) Liesbeth
- c) Sporty

Auflösung 1.a, 2.b, 3.b, 4.a, 5.c, 6.c

FÜR DORO

Neuhaus, Nele:
Charlottes Traumpferd
ISBN 978 3 522 50651 9
Umschlaggestaltung: Johannes Wiebel, punchdesign
unter Verwendung von Bildern von Shutterstock.com
Innentypografie und Satz: Arnold & Domnick, Leipzig
Reproduktion: DIGIZWO GbR, Stuttgart
Druck und Bindung: GGP Media GmbH, Pößneck

MIX
Papier aus verantwortungsvollen Quellen
FSC® C014496

Dieses Buch ist 2007 unter dem Titel »Das Pferd aus Frankreich«
erschienen und wurde komplett überarbeitet.

5. Auflage 2021